AF211174

Herstellung und Verlag:

Books on Demand GmbH,

Norderstedt

ISBN 978-3-8423-7585-7

Dank

Mein herzlicher Dank gilt meiner Tochter Nadine, die mich in meinem Entschluss einen Roman zu schreiben, unterstützt und für die erste Veröffentlichung gesorgt hat.

****

Der Roman ist in allen Bestandteilen Fiktion. Sollten darin Ähnlichkeiten mit existierenden Personen, Namen, Orten, Einrichtungen oder Unternehmen finden, sind diese folglich rein zufällig.

Das Zimmer im Haus

von
Rosamunde Kolberg

Nach dem Tod von Ellas Ehemann Mike muss sich
Ella mit ihrer Tochter Jane ein neues Zuhause
suchen. Die beiden konnten nicht mehr allein in der
geräumigen, sonnigen Penthousewohnung leben. Zu
sehr wurde sie von all den Erinnerungen geplagt.

Die kleine Familie hatte gehofft, gemeinsam lange
glücklich leben zu können.

Kapitel I

Als Ella die Gewissheit hatte, dass sie schwanger war, wurde eine größere Wohnung gesucht. Mike war beruflich sehr eingespannt, daher kümmerte sich Ella allein um die Wohnungssuche. In Hannover waren die Wohnungsangebote zum Glück nicht knapp, so konnte sie ihre Wünsche meistens umsetzen. Die neue Wohnung sollte unterm Dach sein, groß und sonnig, Geschäfte, Schulen, Ärzte usw. in der Nähe sein. Der allerwichtigste Punkt allerdings war, der Einzugstermin musste vor dem Geburtstermin liegen. Jeden Mittwoch und Sonnabend wurden die Anzeigen in der Tageszeitung genau studiert. Glücklicherweise war die Suche bereits nach wenigen Wochen beendet, da die Traumwohnung gefunden war. Auch Mike war, von Ellas Beschreibungen her, begeistert, vom hohen Mietpreis mal abgesehen.

Sie hatten ihre große, sonnendurchflutete Penthousewohnung mit Flair gefunden. Nun galt es, 150 qm gemütlich und stilvoll einzurichten.

Ella hat sich all die Wochen zu viel zugemutet und liegt nun mit Zwischenblutungen im Krankenhaus. Die Schwangerschaft verlief bislang ohne Probleme, aber jetzt in der 30. Woche die Blutungen. Aus der Traum mit dem Umzug, Mike ist noch für mehrere Monate im Ausland und kommt erst zum errechneten Geburtstermin zurück. Jetzt muss für beide

Wohnungen Miete gezahlt werden und es ist noch nicht einmal ein Kinderzimmer eingerichtet. Aber es hilft nichts, Ella muss im Krankenhaus bleiben. Mike hält es nur noch schwer in China, aber er steht unter Vertrag und muss seinen Auftrag termingerecht erledigen. Dank der heutigen Technik, schreiben sich die beiden täglich und tauschen somit die neusten Informationen aus. Aber die Schwierigkeiten, die Mike beim Brückenbau hat, rücken in den Hintergrund, bei dem Gesundheitszustand von Ella. Mike ist bereits 45 Jahre alt und war schon in vielen Ländern als Architekt tätig. Er ist sehr erfahren und wird gern im Ausland von seinem Chef eingesetzt. Ella wusste vor der Heirat von den häufigen Auslandseinsätzen, hoffte aber, es wird schon gehen, sie werden es gemeinsam schaffen.

Aber nun während der Schwangerschaft fehlt ihr Mike doch sehr. Sie ist sehr unglücklich und kann sich nicht auf ihr Baby freuen. Mike tröstet sie in jedem Gespräch und hofft, dass bald seine Schwiegermutter für die verbleibende Zeit der Schwangerschaft nach Hannover zu Ella kommen kann.

Ellas Eltern leben in Berlin und treten bald ihren Ruhestand an. Natürlich sind sie auch besorgt, aber die Strecke Berlin – Hannover ist zu weit, um täglich zu fahren. Somit beschränken Sie sich aufs Wochenende, um die wichtigsten Termine wahrzunehmen. Aber durch die Renovierungsarbeiten in beiden

Wohnungen, der Umzug, der Kauf der wichtigsten Möbel fürs Kinderzimmer und natürlich die Besuche im Krankenhaus, wird immer nur ein geringer Teil geschafft.

Diese Situation ist für beide Familien natürlich nur schwer zu ertragen und jeder sucht nach einer besseren Lösung.

Nach etlichen harten Wochenenden steht nun der Umzug an. Zum Glück hat das Umzugsunternehmen gute Vorarbeit geleistet, so dass der Abbau in der alten Wohnung ohne Probleme verlaufen ist und der Aufbau in der neuen Wohnung ist sowieso nur mit wenigen Möbeln erfolgt.

Die neue Küche hat Ella sich auf einem Block skizziert und nach Mustern ausgesucht. In solchen Dingen sind Mutter und Tochter ein eingespieltes Team. Musterartikel jeder Art stapeln sich in Ellas Krankenzimmer, da sie die Auswahl der Artikel ja vom Krankenbett aus fällen musste.

Endlich ist die neue Küchenzeile eingebaut und die gewünschte Kochinsel steht. Im Kinderzimmer sind die Wickelkommode, der Ohrensessel und ein Regal aufgebaut. Die Wände gelb gestrichen und die Gardinen auch gelb mit kleinen Enten.

Man kann sich sicherlich vorstellen, dass die gesamte Wohnung noch unvollständig und nicht gemütlich wirkt. Aber Ella könnte wenigstens mit dem Baby in die Traumwohnung, mit Blick in den Tiergarten, ziehen. Die vorherige Wohnung hatte ja noch kein Kinderzimmer und war eher dunkel mit kleinen Fenstern.

Ella war schon sehr ungeduldig und wollte endlich in ihr neues Heim und nicht noch 2 Monate im Krankenhaus auf die Geburt warten. Zu gern hätte sie die Wohnung dekoriert und in der neuen Umgebung ihre Spaziergänge gemacht, dem Baby im Gedanken all die schönen Ecken gezeigt. Die Geschäfte, Ärzte, Haltestellen, Nachbarn usw. erforscht. Aber es ging eben nicht. Wenn das eine nicht geht, geht manchmal etwas anderes. Jane kam 4 Wochen zu früh auf die Welt. Nachdem unerwartet die Wehen eingesetzt haben, dauerte der Geburtsvorgang nur zwei Stunden und Jane war auf der Welt. Putzmunter und zum Glück gesund.

Nur Ella war ganz allein im Kreissaal, ohne Ehemann, ohne Eltern, ohne Freundin. Die Ehemänner der anderen gebärenden Frauen waren rührend besorgt und kümmerten sich liebevoll um ihre Frauen. Ella war am Ende ihrer Kraft und wollte nur noch Mike sehen und gemeinsam mit ihm und dem Baby nach Hause.

In China gibt es keine Sommerzeit, d. h. es gilt für ganz China MEZ plus 7 Stunden. Im Winter also plus 7 Stunden Zeitunterschied zu Deutschland, im Sommer plus 6 Stunden. Die 6 Stunden rechnete Mike natürlich hoch, um mit seiner geliebten Ella im Krankenhaus zu telefonieren.

„Hallo Ella, hier ist Mike", schreit er viel zu laut ins Telefon, er meint, er muss die Entfernung nach Deutschland überbrücken. Ella fängt sofort an zu weinen, sie ist so erschöpft, aber auch traurig. Mike lässt sich nichts anmerken und spricht einfach weiter.

„Ella, Liebling, meinen herzlichen Glückwunsch, wir sind jetzt Eltern. Geht es Dir und Jane auch gut, ich bin so stolz auf Dich. Das erste Bild von Jane halt ich schon in Händen, sie ist ja das schönste Baby auf der Welt. Ich liebe Dich", schafft er noch zu sagen, dann ist die Verbindung unterbrochen.

Für Ella war die gesamte Schwangerschaft eine harte Zeit, aber auch Mike hat in der Ferne gelitten. Jetzt muss er seinen Auftrag beenden und dann kann er in ca. 4 Wochen die Heimreise antreten, dann allerdings mit 6 Wochen Urlaub.

Leider besserte sich der Gemütszustand von Ella auch in den nächsten Tagen nicht. Sie konnte nicht allein mit Jane nach Hause. Die Gefahr war zu groß, dass Ella der Situation allein nicht gewachsen ist.

Also wurde in Berlin Ellas ehemalige Kinderzimmer durch einige kleine Veränderungen in Janes neues Kinderzimmer umgewandelt. So lebte Ella mit Jane bei ihren Eltern in Berlin und Mike war sehr dankbar für diese Lösung, da er etwas beruhigter seine Arbeit in Peking beenden konnte und musste.

Jane entwickelte sich in den Wochen ganz prächtig. Mike staunte über die Fotos, da er die Ähnlichkeit zu seiner Tochter verblüffend fand. Fotos sind wunderbar, aber Mike sehnte sich danach, seine Frau und Tochter endlich im Arm zu halten. Einen übergroßen Diamantring von Tiffany, passend zu ihren Eheringen, hatte er schon vor Tagen gekauft. Einen übergroßen Teddy für Jane natürlich auch.

Kapitel II

Jetzt saß er – nach all den vielen Wochen - in der Maschine nach Berlin.

In 27,77777 Stunden, also in 99.999,99 Sekunden ist er bei seiner Familie. Vorbei die quälenden Gedanken und die Sorge um Ella. Bald hält er seine Tochter Jane im Arm und sieht seine geliebte Ella wieder.

Ella hatte Jane auf dem Arm und stand aufgeregt am Flugsteig, um Mike frühzeitig zu erblicken. Ihre Eltern sind nicht mitgefahren, da dieser lang ersehnte Moment ihnen allein gehörte. Man kann solch eine Situation nur mit dem Wort „herzergreifend" beschreiben.

Mike stürzte auf seine Lieben zu, konnte vor Ergriffenheit aber nicht sprechen. So lagen sie sich wortlos im Arm und genossen den Augenblick sekundenlang. Endlich ist er wieder zurück, endlich bei seiner Frau, endlich sieht er seine kleine Tochter, sein Baby.

Jane ist in Natura noch hübscher, es gibt keinen Vergleich, für solch eine Schönheit. Jane ist so hinreißend, wie Ella es auch gewesen sein soll. So ist Mike mit seinen zwei Mädels sehr stolz und möchte nun schnell nach Hause fahren, um auch die neue Wohnung endlich zu sehen und fertig einzurichten.

Seine Schwiegereltern helfen erneut beim Packen und mieten einen Kleintransporter, damit viele der Babysachen nach Hannover gebracht werden können. In den Wochen hat sich viel angesammelt, von der Grundausstattung für ein Baby mal abgesehen. Aber das sind ja alles Dinge, die die kleine Familie – ohne große Schwierigkeiten – bewältigen kann. Ellas Eltern bleiben vorerst in Berlin, damit Ella und Mike in Hannover ungestört ihr Heim beziehen können. Sie brauchen und wollen ihre gemeinsame Zeit. Voll Energie und mit viel Spaß vergehen die Tage. Inzwischen ist die Dachgeschoßwohnung komplett mit allem ausgestattet, Ella hat ihre Dekorationen liebevoll in allen Räumen platziert und Jane hat das schönste Zimmer, das ein Baby nur haben kann.

Mike hat für Jane schon ein Puppenhaus aus Holz gebaut, selbst die Möbel sind handgefertigt. Alles ist liebevoll gestaltet und man erkennt, dass sich die kleine Familie sehr wohl fühlt.

Ellas Gesundheit ist auch wieder hergestellt, die Freude und Begeisterung der letzten Wochen war die beste Medizin für sie. Auch der Umgang mit Jane ist für Ella und Mike ganz problemlos geworden.

Nach der großen Einweihungsparty, die gleichzeitig auch eine Abschiedsparty war, musste Mike schon wieder ans Packen denken. Die 6 Wochen Urlaub sind im Nu verflogen, Mike muss sich wieder um seinen Job kümmern.

In den vergangenen Wochen wurde er mehrmals aus China angerufen. Es gab Unstimmigkeiten auf der Baustelle, das Projekt konnte noch nicht übergeben werden. So konnte er noch keinen neuen Auftrag annehmen, sondern musste wieder ins Ausland. Sicher war es schwer für Ella, wieder längere Zeit allein zu sein. Aber sie hatten sich daraufhin geeinigt, dass Mike zukünftig nicht mehr im Ausland arbeiten wird. Wenn sein Chef nicht mitspielt, würde er kündigen. Diesen Entschluss hat Mike bereits die ersten Tage nach seiner Rückkehr für sich getroffen. Da brauchte er Ellas traurigen Augen und die mahnenden Worte seiner Schwiegereltern nicht, er wollte selbst nicht mehr von seiner Familie getrennt sein.

Aber diesen einen Auftrag in China musste er noch beenden. Also ging es wieder auf große Fahrt, mehrere Monate würde es schon dauern, bis er den Rückflug wieder antreten konnte.

Gleich nach seinem Studium in Münster fand Mike eine Stelle in einem größeren Architekturbüro. Sein besonderes Glück bestand darin, dass er sich mit einem älteren, sehr erfahrenen Kollegen gut verstand und von seinem Können viel für sich abkupfern durfte. Das Büro gewann etliche Wettbewerbsausschrei-

bungen in den Jahren. Sie hatten eine gute Auftrags-
lage, die ihnen in den folgenden Jahren auch Auf-
träge im Ausland einbrachten. So kam Mike mit
seinem Kollegen für 7 Monate nach Schweden, um
die erste Brücke in seiner Karriere zu errichten.

Kapitel III

Mike meldete sich nicht so oft per Mail wie früher, aber das konnte Ella verstehen. Er musste sich vor Ort intensiv um das Bauvorhaben kümmern.

Also schickte Ella die neusten Fotos von Jane, damit Mike die Entwicklung seiner Tochter verfolgen konnte. So vergingen die ersten Wochen, zwar schwer ertragbar, für alle Seiten, aber die Zeit würde helfen und es wird wieder gut für Ella und Mike.

Für Mike ist der Abschied fast unerträglich gewesen, er musste Ella und Jane wieder allein lassen. Es ist für ihn auch kein Trost, dass es das allerletzte Mal ist, er arbeitet nicht mehr im Ausland, er will bei seiner Familie bleiben. Deswegen meldet er sich auch so selten, er will seinen Kummer nicht zeigen. Ella hat schon soviel ertragen müssen, er befürchtet, sie bewältigt die Belastungen nicht mehr allein. Zum Glück ist die Entbindung gut verlaufen und Ella und Jane sind gesund. Aber bei der Geburt der eigenen Tochter weit entfernt zu sein, ist natürlich auch für den Vater nur schwer zu verkraften. Manchmal denkt er, er kann all die Belastungen nicht mehr ertragen. Daher kann er auch nicht abschalten und schläft so schlecht.

Seine Gedanken sind stets hin- und hergerissen. Der Termindruck wird immer stärker. Die 6 Wochen, die er nicht vor Ort war, fehlen ihm an allen Ecken. Er hat das Gefühl, hier ging der Bau überhaupt nicht voran. Durch die Sprachschwierigkeiten ist er fast immer auf den Dolmetscher angewiesen, den Übersetzungen traut er in manchen Situationen nicht mehr so ganz. Es ist zwar nur so ein Gefühl, aber irgendwas stimmt nicht. Hoffentlich sind die anderen Ingenieure wenigstens weitergekommen. Vielleicht sieht er auch nur zu schwarz, bislang sind all seine Bauvorhaben noch gut verlaufen und er konnte die Projekte mit Bravour übergeben. Bei der Größenordnung kann man schon mal ins Grübeln kommen. Solch eine überdimensionale Brücke wird halt nicht jeden Tag gebaut und verlangt viel von den Verantwortlichen. Mike war und ist immer sehr stolz auf seine Bauwerke.

Sein Entschluss, Architektur zu studieren, stand schon in ganz jungen Jahren für ihn fest. Sicherlich mit beeinflusst von einem Artikel, den er damals gelesen hat. Er wollte auch große Bauwerke erstellen:

„ Brückenbau: sicher, schnell und innovativ:
Der Bau von Brücken ist wohl einer der ältesten
technischen Aufgaben, die Menschen bewältigen
lernten. Vom sozialen Standpunkt ist Brückenbauen
eine angesehene Tätigkeit – sie schafft Verbindun-
gen, Brücken überwinden Hindernisse, sie über-
queren Flüsse und Verkehrswege, sie überspannen

Täler, in neuester Zeit sogar Meeresengen und bieten wirtschaftlich leistungsfähige Verbindungen im Wegenetz.

Brücken bauen findet wohl seit Menschengedanken unter ähnlichen äußeren Randbedingen und Anforderungen der Nutzer statt:

- *Sicherheit: die Annehmlichkeit einer gefahrlosen Querung auf kurzen Wegen*
- *Dauerhaftigkeit: hohe Investitionskosten und menschlicher Einsatz fordern eine langfristige Gebrauchstauglichkeit*
- *Bauzeit: volkswirtschaftlicher Nutzen durch einfache und rasche Bauweisen*

Technisch hoch stehendes Wissen der Planer, Entwicklungsarbeit der Fertigteilhersteller höchste Qualitätsansprüche an vorgefertigte Betonbauteile, umfassende Produktionskontrollen und kürzest mögliche Bauzeiten machen den Einsatz von Betonfertigteilen im Brückenbau attraktiv wie nie zuvor."

Vielleicht leidet er tatsächlich unter dem Burnout-Syndrom. Bei der letzten Untersuchung, die vorgeschrieben war, bevor er den Auftrag in Peking angenommen hat, deutete der behandelnde Arzt so was an. Mike hat den Hinweis nicht ernst genommen, da er sich gesund und munter fühlte. Aber jetzt nach den vielen Monaten in China und der Geburt seiner Jane, den Belastungen, die Ella und seine Schwiegereltern allein bewältigen müssen, fühlt er sich sehr ausgelaugt und müde. Auch die 6 Wochen Zuhause reichten ihm nicht, um auszuspannen.

Kapitel IV

Ich habe es schon einmal erlebt. Die Welt dreht sich, sie dreht sich, dann steht sie still.

Eines Morgens klingelte es an der Wohnungstür, Ella hatte Jane gerade gestillt und sie wieder ins Bettchen gelegt. Mikes Chef und der erste Prokurist standen unangemeldet vor der Tür. In solch einer Situation braucht man keine erklärenden Worte, man spürt instinktiv, es ist was Schlimmes passiert.

Mike ist tödlich verunglückt, die Umstände sind mysteriös. Die hiesige Polizei wartet auf einen ausführlichen Bericht aus China. Die ersten Meldungen waren sehr ungenau, selbst der Firmenchef ist nicht genau über den Vorfall informiert worden. Herr Wang, sein Dolmetscher vor Ort, konnte nur einen kurzen Bericht über den Hergang vorab am Telefon durchgeben.

Ella kann sich nicht erinnern, wer ihre Eltern angerufen hat. In jedem Fall sind sie sofort nach Hannover aufgebrochen, um ihrer Tochter beizustehen. Jetzt standen sie bereits vor der Tür und kümmerten sich um alles Nötige.

Aber Ella lies niemanden an sich heran, sie war kaum ansprechbar. Die Verzweiflung war zu groß, sie konnte das Geschehene nicht verstehen.

Ihre Eltern überlegten, ob der Schwiegervater mit nach China reisen sollte, oder ob der Leichnam durch das deutsche Konsulat überführt werden kann. In solch einer schrecklichen Situation ist man so hilflos, aber es müssen so viele Dinge erledigt werden.

Ellas Vater sammelte einige Dokumente zusammen, die er in Peking wohl für die Überführung brauchte. Er hatte sich entschlossen, gemeinsam mit Mikes Chef zu reisen. Vor Ort können sie sich besser über das Unglück informieren.

Die hannoversche Firma gehörte mit zu den größten und erfolgreichsten Architekturbüros in Deutschland, inzwischen gab es 10 Büros verteilt in 5 Ländern.

Aber einen Todesfall unter solchen Umständen hatten sie Gott lob noch nicht erleben müssen. Ein Mitglied der Geschäftsleitung auf einer Baustelle im Ausland tödlich verunglückt, nein, das ist noch in keinem Land passiert.

Herr Dr. Brandt, Mikes Chef, war sehr angetan, das Mikes Schwiegervater mit ihm nach China reisen würde. So konnte er Ella oder seine Ehefrau weiter über die Geschehnisse in Peking informieren. Herr Brandt fühlte sich schuldig, in moralischer Hinsicht. Mike war in seinem letzten Urlaub bei ihm im Büro und bat um eine Versetzung. Er hatte ein komisches Gefühl, das er nicht benennen konnte. In jedem Fall war es nicht seine Art, eine Baustelle vor Abnahme zu verlassen. Aber Peking wollte er abbrechen, er wollte selbst eine gewisse Zeit im Innendienst tätig sein, nur um in Hannover bleiben zu können.

Aber Dr. Brandt überzeugte ihn, nein, er überredete ihn. „Nur noch diese Arbeit in Peking, dann bleibst du bei deiner Familie vor Ort."

Der erste Monat verging

Der zweite Monat verging

Der dritte Monat verging

Kapitel V

Ella war unfähig zu denken. Sie wusste nicht, ob sie noch lebte. Es konnte doch nicht sein, Mike wollte doch nur noch den einen Auftrag erledigen. Er konnte sie und Jane doch nicht allein lassen. Solch ein Unglück passiert nur Leuten, die man nicht kennt, aber doch nicht Ella. Das Leben konnte grausam sein, es musste weiter gehen, Ella musste weiter leben. Tag für Tag und Woche für Woche.

Ihre Mutter war wieder aus Berlin angereist und wohnte für mehrere Wochen bei ihr. Die schwierige Zeit während der Schwangerschaft und nach der Entbindung war noch nicht vergessen. Sie konnte nicht sicher sein, dass sie sich und Jane versorgen konnte. Nein, sie konnte noch nicht mal sicher sein, dass sie allein weiterleben konnte.

Ella befand sich wieder in ärztlicher Behandlung und nahm starke Medikamente, die sie müde machten. So wirkte Ella den ganzen Tag erschöpft, sie wirkte stets abwesend, wie in Trance. Durch den fast ständigen Dämmerzustand waren ihr sicherlich die Erinnerung an die Ereignisse genommen und sie brauchte nicht zu denken.

Um Jane kümmerte sich ausschließlich die Oma. Wahrscheinlich konnte Ella, bedingt durch den Schock, nicht mehr stillen. Die Umstellung auf die

Flaschennahrung bereitete Jane nur einige Tage Schwierigkeiten, danach trank sie glücklicherweise wieder recht gut. Natürlich spürte Jane auch die Anspannung und den Kummer ihrer Mutter und Großmutter.

Ella beobachtete ihre Mutter ganz besonders, wenn sie Jane fütterte oder badete. Das erfreute sie, da konnte sie ihre Dunkelheit vergessen, in ihre Augen trat dann ein Lächeln. Sie war zu der Zeit nur eine Beobachterin, aber sie war bei ihrer Tochter und in ihrer vertrauten Umgebung. Selbst die Spazierfahrten fielen ganz kurz aus, damit Ella nicht zu lange allein war.

Zum Glück behielt Jane ihr wunderschönes Lächeln, sie trank gut und entwickelte sich weiterhin prächtig. Durch dieses Glück konnte Mum, so nannte Ella ihre Mutter immer, die Tage mit ihrer Tochter und ihrem Enkelkind ertragen und verkraften. Manche Nacht lief sie durch die Wohnung, schaute immer wieder nach, ob Ella und Jane auch wirklich schlafen wür-den, bis sie endlich zum Morgengrauen auch für we-nige Stunden Schlaf finden konnte.

Sie wachte sofort auf, wenn sie das leise Weinen von Jane hörte. Es war ein neuer Tag angebrochen, der musste besser als der vorherige Tag werden, das war immer ihr Bestreben. Sie unterdrückte die eigenen Ängste und Sorgen, das Leben für Ella und Jane musste weitergehen. Der Tod von Mike kam so unerwartet, er war doch noch so jung und die kleine Familie wollte jetzt erst gemeinsam glücklich leben. Ella und Mike waren so stolz, als Jane geboren wurde. Die lange Trennung zwischen Mike und Ella und die doch schwierige Schwangerschaft von Ella war schon eine harte Prüfung.

Aber das die Familie durch den Tod von Mike so zerstört wurde, ist eine Strafe.

Ella macht keine Pläne für die Zukunft. Sie träumt immer wieder davon, dass Mike zurückkommt. Er muss doch bei ihr und Jane sein, er muss doch sein Bücherregal aufbauen, er muss doch seinen neuen Job in Hannover antreten, er muss doch den gemeinsamen Urlaub planen.

Auf seinem Nachttisch liegt noch das Buch

SYMBOL von Dan Brown und
FLAMMENBRUT von Simon Beckett,

das er erst lesen wollte, wenn er Zuhause seinen Feierabend genießen oder mit Ella noch lange im Bett lesen konnte.

Sein Nachttisch war immer seine Ablagefläche für den gesamten Inhalt seiner Hosen- und Jackentaschen. Er stapelte alles unsortiert über- oder nebeneinander. Ella rührte grundsätzlich nichts an, auch aufräumen war untersagt. Selbst Ellas Mutter wusste bescheid, auch sie lies alles so wie es war. Sein Nachttisch war Tabu.

Wenn Ella mit ihrer Mutter sprach, dann sagte sie immer wieder, dass sie ohne Mike in der Wohnung nicht bleiben könnte. Ihre Mutter beruhigte sie natürlich mit den Worten, dass man solche Entscheidungen jetzt noch nicht treffen kann. Aber wenn sie meint, sie kann in der tollen Dachgeschoßwohnung nicht allein mit Jane leben, dann muss sie wieder umziehen, vielleicht sogar zurück zu ihren Eltern nach Berlin.

Ella ist in Berlin aufgewachsen und erst zum Beginn des Studiums Zuhause ausgezogen. Sie wollte in eine WG ziehen, was dann auch mit 3 weiteren Mädels in Berlin-Wedding geklappt hat. Erst mit 24 Jahren nach dem Studium ist sie berufsbedingt nach Hannover umgezogen. Wer so viele Jahre in Berlin gelebt hat, der sollte zurück in die Bundeshauptstadt kommen. Berlin als pulsierende, lebhafte Stadt würde ihr die Erinnerungen an ihre behütete Kindheit und später ihre wilde Studienzeit wiederbringen. Hier könnte sie besser vergessen und ihr neues Leben meistern. Zur Verstärkung hätte sie ihre Eltern in der Nähe und noch einige Freunde aus ihrem früheren Freundeskreis. Am Leopoldplatz, kurz Leo genannt, und im Schillerpark könnte sie mit Ella spazieren fahren und würde sich auch Zuhause fühlen.

Die Idee ist bestimmt gut, nicht nur die Wohnung, sondern auch die Stadt zu verlassen. In Hannover erinnert sie zuviel an ihr Leben vor dem Schicksalsschlag, wie soll sie da atmen?

Kapitel VI

Mikes Chef und Ellas Vater fliegen nach Peking. Die Mitteilungen über Mikes Tod sind so rar und wirr, dass die beiden sich vor Ort informieren wollen. Die Ungewissheit ist mehr als beängstigend!

Während des Flugs haben sie Informationen über China erhalten:

1.313.973.713 Einwohner
9.596.960 Km2 Fläche
Mount Everest 8.850 Meter
Peking – Beijing
Im Juli 31 Grad Celsius
7 Stunden Sonne täglich
9 Regentage im Juli
In Shanghai noch wärmer
Der Himmelstempel im
Süden Pekings gehört
zu den Highlights
Peking ist die kulturelle
und politische Hauptstadt
Shanghai gilt als wirtschaftliches
Zentrum und Boomtown Chinas
Olympia 2008
Langsam entwickelt sich
Peking auch zum Shopping-Paradies
Yi ming jing ren (chin. Sprichwort)
Die Welt mit einer einzigen

Beide Herren waren vorher noch nicht in China.
Unter anderen Umständen hätten sie all die Infor-
mationen natürlich noch mehr interessiert. Als
Tourist bereitet man sich ja mit sehr viel Freude und
Spaß monatelang auf seine Reise vor und saugt jede
Info auf.

Für sie zählte vorab nur der Flug nach Peking, das
Treffen in der Deutschen Botschaft mit dem Botschafter und dem Dolmetscher. Der Dolmetscher,
Herr Wang, war wie Mike auch Angestellter in der
hannoverschen Firma.

Er kannte persönlich Herrn Konrad Seitz, deutscher
Botschafter in Peking von 1995 – 1999. Konrad Seitz
verfasste mehrere Bücher. Sein Werk: "China. Eine
Weltmacht kehrt zurück" wurde in der Top-10 Liste
wichtiger Wirtschaftsbücher geführt.

Herr Wang war für den hannoverschen Betrieb der
erste Mann in China, ohne ihn lief nichts. Er beher-
rschte nicht nur die Sprache, sondern alle Kniffe und
Beziehungen, ohne die sich ein Ausländer in China
nicht zurechtfinden würde. Auch wenn Herr Wang
großen Einfluss auf die Geschehnisse vor Ort hatte,
war er ohne Vollmachten seitens der hannoverschen
Firma. Er war nur Dolmetscher.

Die Herren wurden bereits in der Botschaft erwartet und erhielten einen ausführlichen Bericht über das Unglück. Die Redner waren sehr ergriffen bei den Ausführungen und es dauerte gefühlt endlos lange, bis Herr Wang zum Übersetzen kam. Gern hätten wir gefragt, wo sich der Leichnam befindet.

Ein Seitenteil der neu fertig gestellten Brücke soll sich aus der Verankerung gelöst und auf den unteren Bauabschnitt gestürzt sein.

Auf dieser Plattform befand sich Mike mit einer kleinen Gruppe von Monteuren. Das riesige Seitenteil schlug aus einer gewaltigen Höhe wie ein Blitz ein und riss die Menschen und Unmengen an Stahl und Beton mit sich in die Tiefe des Pazifischen Ozeans.

Es dauerte eine ganze Weile, bis uns klar wurde, dass kein Leichnam geborgen werden konnte.

Die nächsten Tage verbrachten wir an der Unglücksstelle und bei verschiedenen Behörden. Keiner konnte sich die Unglücksursache erklären. Eine Sonderkommission wurde berufen und in einigen Monaten würden auch wir den Abschlussbericht erhalten. Aber Herr Wang nahm uns schon jetzt die Hoffnung auf zu hohe Erwartungen.

Der Brückenbau musste auch nach diesem tragischen Unglücksfall weitergehen. Mike wurde bereits nach wenigen Tagen durch einen jungen Amerikaner ersetzt und auch für die verstorbenen Monteure hatte Herr Wang schon Ersatz gefunden.

Nur mit seiner Hilfe konnte der Totenschein für Mike, ohne die üblichen amtlichen Dokumente, schon vorab beantragt werden.

Als er uns am Flughafen verabschiedete, war er zu Tränen gerührt und sagte: „Er konnte sonst nichts tun."

Somit traten wir die Heimreise ohne Leichnam an.

Ella nahm auch diese Nachrichten ohne Reaktion auf, was sollte sie noch ertragen, was kann ein Mensch überhaupt ertragen? Nicht nur Ella und Jane, sondern auch ihre Eltern waren voller Schmerz und ohne Kraft für die Zukunft. Solche Schicksalsschläge können ganze Familien zerstören, wenn nicht Hilfe von Außen angeboten und einer in der Lage ist, die Hilfe auch anzunehmen. Bei Ella war es ihr Kinderarzt aus früheren Zeiten, der inzwischen auch Janes Kinderarzt war.

Bei einer erneuten Routineuntersuchung lobte er wieder den Gesundheitszustand von Jane und erkundigte sich auch nach Ella. Ihm war aufgefallen, dass in den letzten Wochen nur noch die Oma die Termine mit Jane wahrnahm. Seine Betroffenheit war ihm anzusehen, als er erfuhr, welches Leid die Familie traf, aber er wusste auch, was zu tun war.

Nachdem Ella ihn konsultierte, hielt er gleich Rücksprache mit einem Therapeuten und die beiden überlegten die weitere Behandlung für die gesamte Familie.

Ella stimmte einer Psychotherapie im Schwarzwald zu, Jane und die Oma fahren zur Mutter-Kind-Kur an die Ostsee. Der Opa kümmerte sich um die Wohnungen in Hannover und Berlin.

Auch wenn er es nicht zugab, auch er brauchte Abstand von all dem Schmerz und die Erinnerungen. All die Wochen musste er seine leidende Tochter trösten, ihr immer wieder gut zureden.

Er musste stark sein, er musste einen kühlen Kopf behalten, er durfte dem Schmerz nicht nachgeben. Er war doch immer um sein kleines Mädchen bemüht, für ihn war Ella noch das zerbrechliche Kleinkind, das er in frühen Jahren stets auf dem Arm getragen hat. Ella war immer ein Papakind, Papa konnte zaubern, singen, Gitarre spielen, Schach spielen und noch viele andere schöne Dinge. Wie schlimm war für ihn der Anblick seiner leidenden Tochter.

Ella kam als Frühgeburt auf die Welt, nur 2370 Gramm und 47 cm groß, Kopfumfang 33,5 cm. Wie stolz und ergriffen war er beim ersten Anblick seiner Tochter. Sie lag im Inkubator, eine Vorsichtsmaßnahme bei den Frühchen. Ihre Schönheit hatte sie natürlich von der Mutter, aber die Intelligenz vom Vater, so sagt man doch meistens. Ella war immer mit ihrem Papa unterwegs, ob im Kinderwagen, im Kindersitz, auf dem Fahrrad, auf dem Arm, auf der Schulter, oder auf dem Rücken, wenn sie Pferd spielten. Im zarten Alter von 3 Jahren wollte sie bereits Schach mit ihrem Papa spielen. Nach der Musik von Bruce Springsteen tanzte Ella auch schon auf dem Arm vom Papa.

Sie mussten es um jeden Preis schaffen, sie mussten alle weiterleben, sie wollten den Kampf auch für Mike gewinnen. Er schaute auf sie herab und war im Gedanken bei ihnen.

Das Leben geht auch weiter, wenn man es nur lässt.

Kapitel VII

Jane und die Oma erholten sich in Kühlungsborn.
Das Mutter-Kind-Heim liegt ganz im Osten, direkt
neben dem neu renovierten Hotel Schloss am Meer.
Die unmittelbare Strandlage der Häuser ist nicht
mehr zu Toppen. Jane entwickelte sich in der neuen
Umgebung und in den Gruppen mit den anderen
Babys sehr gut, auch die Oma blühte in den Grup-
pensitzungen und Gesprächen mit den Therapeuten
und den anderen Müttern sichtlich auf. Inzwischen
hatte sie ihre Leidensgeschichte mehrfach erzählt und
immer wieder erklärt, warum sie als Oma – und nicht
die Mutter – mit Jane zur Mutter-Kind-Kur gefahren
sei.

Aber jeder Kurgast war mit einer eigenen, sehr traurigen Lebensgeschichte vor Ort, so dass die Schick-
sale sich vereinten und man zu einer Gruppe wurde.
Abends, wenn die Kinder nach einem anstrengenden
Tag, erschöpft schliefen, erzählten die Mütter und die
Oma noch lange über viele Dinge des Lebens. Diese
Gespräche waren meistens auch lustig, man konnte
zusammen lachen und die Sorgen waren für einige
Stunden vergessen. Es war erstaunlich, wie schnell
sich manche fremden Leute finden und verstehen
können.

Natürlich halfen die Ostsee, der weiße Strand mit den
Strandkörben, das Klima, der schöne Ort und die

Tatsache, dass wir getrennt waren. So drehte sich nicht jedes Gespräch um Mike, um die Todesursache, um die mysteriöse Situation in Peking, warum er sich die ersten Wochen so selten gemeldet hat usw.

Jane bekam von den Gesprächen noch nicht viel mit, aber durch die Anwesenheit der anderen Babys und das gemeinsame Spielen drinnen und draußen, war sie ein ganz ruhiges Baby. Sie hatte Appetit und schlief, wo auch immer man sie hinlegte. Die Seeluft schaffte sie Tag für Tag. Ella rief nur einmal in der Woche an. Ich denke, sie durchlebt eine schwere Zeit im Sanatorium und findet sich nur sehr schwer in der neuen Umgebung zu Recht.

Ella fühlte sich jetzt ganz allein auf der Welt. Ihr Mann war tot, ihre Tochter Jane mit der Oma zur Kur, ihr Vater in Berlin und Hannover unterwegs. Sie hatte keinen Vertrauten an ihrer Seite, konnte mit Niemandem reden und immer diese schrecklichen Gedanken. Was für eine Vergangenheit, kann es für sie überhaupt eine Zukunft geben, kann sie ihr Kind großziehen, oder wird sie wahnsinnig.

Die Einzelsitzungen mit dem Psychologen machten ihr Angst, sie wusste keine Antworten auf seine Fragen, immer sollte sie reden, sie wollte sich zurückziehen, alle sollten sie in Ruhe lassen. Sie wollte nicht denken, was sollte sie hier ohne Jane und Mike.

Aber mit den Wochen, ohne das sie es bewusst bemerkt hat, fing sie an zu reden, die Medikamente wirkten, sie nahm zu. Es stellte sich, der lang ersehnte Kurerfolg ein. Ihre Anrufe wurden häufiger und länger, sie erzählte nicht mehr so viel von der Vergangenheit und dem Leid, sondern klang fröhlicher und begeistert war sie natürlich immer, wenn sie Jane babbeln hörte. Jetzt konnten wir endlich, nach etlichen langen Monaten, einen Besuch planen. Welch eine Freude für Ella, ihre Tochter zu sehen und die Freude für uns, unsere Tochter zu sehen.

Jane und die Großeltern waren inzwischen ein eingespieltes Team. Der tägliche Rhythmus lief ohne Komplikationen ab, im Gegenteil, Jane war der Sonnenschein. Durch sie war jeder Tag, jetzt ein glücklicher Tag. Sie hatten oft mit dem Gedanken gespielt, welch eine Freude es wäre, wenn Ella mit Jane bei ihren Eltern in Berlin bleiben würde. In der ersten Zeit vielleicht bei ihnen im Haus und später eine Wohnung ganz in der Nähe. Dann wäre Jane weiterhin täglich bei Oma und Opa, sie würden sie in den Spielkreis und später in den Kindergarten und noch später zur Schule bringen.

Die Oma-Kind-Kur in Kühlungsborn war lange beendet, mit dem geplanten Erfolg. Dafür war kein Arzt nötig, jeder Laie hätte erkannt, wie gut die Oma und Jane die Wochen an der Ostsee getan haben. Das Rezept bestand darin, das sie aus ihrem Alltag gerissen wurden und in neuer Gemeinschaft Ablenkung fanden. Gut, die Therapiesitzungen haben auch geholfen.

Ihr alter, vertrauter Hausarzt wusste eben, was ihnen helfen würde. Hoffentlich konnte Ella sich auch erholen.

Kapitel VIII

Der Tag war gekommen, wir duften Ella in Bad Dürrheim besuchen. Mit einer Zwischenübernachtung sind wir – sehr aufgeregt - im Sanatorium eingetroffen. Ella wollte nicht mit Jane allein sein, da sie befürchtete, das Jane sie nicht erkennen würde und Angst bekäme.

Aber unser Engelchen spürte sofort die Mutterliebe und hatte nur noch Augen für Ella. Wir waren glücklich und freuten uns für unsere Tochter. Glücklich waren wir auch über den Gesundheitszustand von Ella, man sah ihr deutlich an, dass es ihr nicht nur besser, sondern gut ging.

Die große Überraschung war, dass ihr Entlassungstermin bereits in den nächsten zwei Wochen sein sollte. Ella hatte für uns auch ein Zimmer im Sanatorium reserviert, alles war plötzlich so entspannt und angenehm. Abends sang ein ehemaliger Patient, der inzwischen ein bekannter Tenor ist, für die Patienten und Gäste auf der Sonnenterrasse.

Der Tenor besuchte jedes Jahr, aus Dankbarkeit seiner Genesung, das Sanatorium und beglückte die Patienten mit seinem Gesang. Wir hatten uns ein Sanatorium total anders vorgestellt und waren somit in allen Punkten mehr als angenehm überrascht. Wir fühlten uns wie im Hotel mit Abendprogramm und waren bester Stimmung. Angesteckt von der guten Laune von Elle, aber auch von der allgemeinen guten Atmosphäre.

Zum späten Abend, als wir uns bereits verabschieden wollten, um uns von der anstrengenden Fahrt auszuruhen, kam die nächste Überraschung, nein, der Höhepunkt.

Ella stellte uns einen jungen Mann, der ebenfalls als Patient im Sanatorium wohnte, als Michael vor. Die Vertrautheit der Beiden verriet, dass sie mehr als nur zwei Patienten waren.

In den nächsten beiden Tagen waren wir nur selten mit Ella allein, um eventuell etwas Persönliches mit Ella besprechen zu können, Michael war stets an ihrer Seite. Er kümmerte sich auch liebevoll um Jane und auch zu uns hatte er gleich einen netten Kontakt aufgebaut. Wir konnten es gar nicht glauben und waren skeptisch, aber die glücklichen Blicke von Ella sprachen Bände.

So vergingen die Tage viel zu schnell, wir konnten unsere Freude kaum verbergen und mussten dennoch einige wichtigen Dinge mit Ella besprechen.

Also baten wir Ella am letzten Nachmittag möglichst allein zu uns auf die Terrasse zu kommen, als Jane noch schlief. Sie kam zwar, aber man sah ihr an, dass es ihr nicht recht war. Sie erzählte jetzt ausführlich von ihrem Kurerfolg und die schweren Wochen davor. Aber zum Glück sind all die Sorgen schnell wieder vergessen, wenn die Seele nicht mehr traurig ist und das Herz wieder lachen kann.

Sie hatte Michael bereits nach einigen Tagen Aufenthalt im Sanatorium kennen gelernt und seitdem waren sie fast unzertrennlich. Michael hatte es geschafft, sie aus dem tiefen, schwarzen Loch rauszuholen und ihr wieder die schönen Dinge des Lebens zu zeigen. Nach und nach erzählte sie immer weniger von der Vergangenheit und machte wieder Pläne für die Zukunft. Man hatte den Eindruck, sie dachte auch nicht mehr an all die schrecklichen Dinge, die passiert sind. Der Name Mike fiel nicht ein einziges Mal in unserer gemeinsamen Zeit im Sanatorium.

Es ging nur um Michael.

Kapitel IX

Somit fragten wir unsere Tochter Ella ganz direkt, wie sie sich Ihre Zukunft mit Jane vorstellte und was mit der Wohnung in Hannover geschehen sollte. Zu unserem Erstaunen zögerte Ella nicht einen Moment mit der Antwort, sie hatte sich vorher schon alles überlegt und war auf das Gespräch vorbereitet.

Sie wird in 14 Tagen entlassen und fährt direkt nach Hannover in ihre Wohnung, da sie noch einige Vorbereitungen treffen will, bevor Michael entlassen wird und auch gleich zu ihr nach Hannover kommt. Spätestens nach weiteren 4 Wochen wollen sie gemeinsam nach Berlin reisen, um endlich Jane wieder nach Hause zu holen.

Wir waren zwar überrascht, dass Ella schon so weit mit ihrer Planung war. Aber auch erfreut, da es ja ein deutliches Zeichen war, das es Ella gesundheitlich wirklich gut ging.

Auf der Rückfahrt ist uns erst aufgefallen, wie wenig Ella uns über Michael erzählt hat. Wir wussten nicht einmal, ob er geschieden oder sogar noch verheiratet ist. Ledig wird er sicherlich nicht sein, dafür konnte er zu gut mit Frauen umgehen, ob Schwiegermütter oder Adoptionskind. Aber Michael war ja im Moment für uns der Wundermann, der unsere Ella wieder zum Leben erweckt hatte.

Schön, das die Beiden gemeinsame Pläne hatten. Wie wunderbar das neue Leben für die „DREI" werden wird. Endlich hat unsere Ella wieder ihre kleine Familie, endlich sind sie zusammen. Endlich kann sie die traumhafte Penthousewohnung genießen, endlich kommen auch wir zur Ruhe und brauchen uns nicht mehr so große Sorgen machen.

Unsere Ella ist ins Leben zurückgekehrt. Aber auch wir müssen in unser Leben zurückkehren. Ella zieht also nicht mit Jane nach Berlin. Wir haben sie nicht in unserer Nähe. Sie wird uns in Zukunft nicht mehr so intensiv zur Unterstützung benötigen, sie hat ja Michael. Aber falls Ella es möchte, könnten wir ja nach Hannover ziehen, dann wären wir wieder dichter bei Jane und Ella wird unsere Hilfe sicherlich auch zukünftig noch brauchen. Hoffentlich läuft alles gut, die Veränderungen, die auf uns zukommen, sind sehr groß.

Der Tag ist gekommen, Ella fährt allein von Bad Dürrheim zurück nach Hannover in die große, sonnige Dachgeschosswohnung. Sie ist die erste Nacht allein, ganz allein in der Wohnung.

Kapitel X

„Hallo Mum, es war eine furchtbare Nacht, ich bin mir noch nicht sicher, ob ich mit Jane und Michael in der Wohnung leben kann. Die Erinnerungen verfolgen mich überall", sagt sie am Telefon.

Ihr fehlt in dieser einen Nacht besonders Michael, er ist nicht da, er kann sie nicht beschützen und trösten. Noch zwei Nächte muss sie es allein in der Wohnung aushalten, dann kommt Michael.

Wir haben ihr natürlich angeboten, dass sie nach Berlin kommen soll, oder wir nach Hannover mit Jane. Aber nein, sie wollte es allein schaffen. Sie hat es geschafft, die erste Nacht ist um.

Am nächsten Morgen ruft sie wieder an, nein, es ist Michael. Er ist bei Ella, ihr geht es gut. Er konnte seine Kur eher beenden und ist schon bei ihr in Hannover. Nach Hamburg in seine Wohnung fährt er erst in ein paar Tagen. Michael hat bereits mehrere Makler in Hannover beauftragt, sie suchen eine neue Wohnung. Ella ist aufgeregt, sie plant und plant.

Für Ella war es eine Therapie, in ihre alte Umgebung zurückzukehren. Sie wollte sich beweisen, dass sie sich dem Leben mit allen Anforderungen stellt und dem auch gewachsen ist. Wie soll sie sonst die Verantwortung für Jane übernehmen. Auch wenn sie

Michael und ihre Eltern zur Unterstützung hat, braucht sie viel Kraft.

Ihr Vater hatte schon vor Wochen die persönlichen Dinge von Mike weggeräumt, seine Seite im Kleiderschrank war leer, im Badezimmer standen sowieso keine Artikel mehr und den voll beladenen Nachttisch hatte Ella schon kurz nach Mikes Tod umgeräumt.

Als sie das erste Mal, nach all den Wochen, die Haustür aufschloss, war sie sehr angespannt und ängstlich auf ihre Reaktion. Wie wird sie die alte Umgebung aufnehmen, wird sie den Anblick ertragen können. Hält sie es in den Räumen aus, kann sie dort schlafen, kann sie dort allein sein. Natürlich kamen die Erinnerungen, in jedem Raum, in jedem Winkel.

Aber Mike ist tot, sie muss weiterleben, sie hat die Verantwortung für ihre Tochter. Sie hat aber auch das Glück, einen neuen Partner gefunden zu haben, sie ist wieder verliebt.

Wie schön wird ihr Leben wieder werden, gemeinsam mit Michael. Endlich kann sie wieder Mutter sein und ihre geliebte Jane an sich drücken. Fast neun Monate sind inzwischen vergangen, sie hat so viel versäumt, Jane kennt nur die Großeltern. Hoffentlich gewöhnt Jane sich dann schnell wieder an sie und

hoffentlich kommen Michael und sie auch gut mit-
einander aus. Hoffentlich, hoffentlich!

Wir hatten wenig Kontakt in den folgenden Wochen,
selbst für Jane hatten Ella und Michael kaum Zeit.
Nur ein kurzer Besuch bei uns in Berlin. Wieder keine Information über Michaels Vergangenheit, aber
wenigstens wohnt er bei Ella in Hannover. Sie
suchen erst die neue, gemeinsame Wohnung, danach
löst er seine Wohnung in Hamburg auf.

Kapitel XI

Es soll wieder eine Penthousewohnung sein, egal wo. Sie lebt jetzt schon über 10 Jahre in Hannover, da kennt man seine Ecken. Daher will sie auch in Hannover bleiben und nicht nach Berlin oder Hamburg ziehen.

Der Favorit ist in der Ostfeldstraße, eine Wohnung im Haus, ein separater Eingang, komfortable Ausstattung. Aber keine Dachgeschosswohnung. Vielleicht ist Ella so begeistert, weil es ganz was anderes ist. Sie kann sich wieder für soviel neues begeistern.

Ihre Eltern kommen zur ersten Besichtigung und staunen nicht schlecht. Der gleiche Stadtteil, eine super schöne Straße, der Tiergarten gegenüber und eine Wohnung mit eigenem Eingang, wie ein Reihenhaus.

Ein besonderes Zimmer befindet sich ganz versteckt im Haus. Es passt alles ganz ideal und die drei werden es sich besonders schön machen. Von Janes Zimmer aus hat man einen wunderbaren Blick auf eine Birke, die Äste bewegen sich im Wind. Ihre Mutter ist schon begeistert und richtet die Räume bereits im Gedanken ein.

Aber die Hilfe ihrer Eltern wird nicht benötigt, Ella und Michael kümmern sich um alles allein. Selbst die Renovierungsarbeiten, die immer Aufgabe von Ellas Vater waren, sind schon an verschiedene Firmen vergeben.

Kapitel XII

Wir fahren also mit Jane zurück nach Berlin. Hier ist inzwischen auch für Jane alles so vertraut, alles hat auch für sie seinen festen Platz. Unser Leben wird durch unsere Jane bestimmt. Mit ihr leben wir seit mehreren Monaten zusammen, sie ist unser Glück, unser Sonnenschein.

Sie ist wie meine Tochter Ella früher war. Mit ihr geh ich zur Kinderkrabbelstunde und zum Mütter-treff, manchmal sogar zur Gymnastikstunde. Obwohl die Gymnastik für die Mütter nach der Entbindung sein soll, fühle ich mich dort sehr wohl und es tut mit auch gut für meine Figur. Die Babys werden die Stunde separat betreut. Ich fühle mich als Oma sowieso sehr wohl zwischen den jungen Müttern. Manchmal vergesse ich sogar, dass ich nur die Oma bin. Ich habe mein Leben total auf Jane eingestellt und kann und will es mir anders nicht mehr vor-stellen. In jedem Unglück liegt auch ein neues Glück, ein Neuanfang. Wie es wird, wenn Ella Jane wieder zu sich holt, will ich noch nicht wissen. Wird Ella überhaupt mit Jane zurechtkommen? Jane könnte doch bei mir bleiben, Ella und Michael hätten dann mehr Zeit für sich, sie müssen sich doch erst richtig kennen lernen.

So vergingen wieder einige Wochen. Ella und Michael sind bereits umgezogen, die Penthousewohnung ist geräumt. In der neuen Wohnung sind die Renovierungsarbeiten und der Umzug durch entsprechende Unternehmen ausgeführt worden, so dass die beiden ihre Kraft ins Einrichten stecken können. Ella war immer sehr kreativ und ihr Stil sehr sicher. Mit ein paar Meter Stoff verwandelte sie einen Tisch perfekt zum Mittelpunkt eines Galadinners oder ein altes Sofa zum neusten Trend. Der besonders schöne geerbte Sekretär kam sicherlich gut zur Geltung an der schmalen Wand im Wohnzimmer und auch das alte Porzellan in der kleinen Vitrine.

Ella hatte uns bereits zum dritten Mal eingeladen, aber es passte eben immer nicht so gut. Ich hatte schließlich meine Verpflichtungen mit Jane. Nächste Woche mussten wir auch noch zur Vorsorgeuntersuchung. Aber die Woche danach, fahren wir bestimmt.

Nein, da ist der Opa ja verreist und ich mit Jane allein mit dem Zug, nein, das passt dann auch nicht. Auch telefonisch konnte Ella mich schwer erreichen, da ich mit Jane viel unterwegs war. Das Handy habe ich oft ausgestellt, da es sehr störend sein kann. Abends ist unser Festanschluss auf leise gestellt, damit Jane nicht durch das eventuelle Klingeln des Telefons im Schlaf gestört wird.

Plötzlich standen Ella und Michael unangemeldet vor unserer Haustür, sie wollten jetzt endlich Jane abholen und sich nicht länger vertrösten lassen. Ella hatte lange vor mir bemerkt, dass ich ihr – unbewusst - Jane entzogen hatte. Sie packten tatsächlich vor meinen entsetzten Augen die nötigsten Dinge für Jane zusammen und fuhren ohne Erklärungen zurück. Die restlichen Dinge sollten wir bei unserem längst überfälligen Besuch mitbringen. Wann dieser Besuch sein wird, lag bei mir. Sie hatte Verständnis für mich und gab mir die Zeit, mich an die neue Situation zu gewöhnen. Natürlich brach eine Welt für mich zusammen, in jedem Winkel unserer vier Wände gab es Jane. Jane spielte in jedem Zimmer. Ich mochte es sehr, wenn nicht alle ihre Spielsachen abends weggeräumt wurden. Es wirkte mit Jane alles so lebendig und ohne Jane eben nicht mehr. Zur wöchentlichen Gymnastik, zu den jungen Müttern, konnte ich jetzt auch nicht mehr gehen. Zur Vorsorge auch nicht, da geht jetzt Ella mit Jane hin.

Aber das Kinderzimmer blieb mir.

Hier konnte ich in meinen Erinnerungen leben, hatte ich wirklich gedacht, es würde immer so bleiben. Durch Jane hat sich für mich die Zeit zurückgedreht, ich hatte nochmals eine kleine Tochter, nein ein Enkelkind.

Die Zeit mit Ella war wunderschön, die Zeit mit Jane irgendwie noch schöner. Ich denke, es liegt an der Erfahrung, die man in den Jahren errungen hat. Als junge Mutter war ich unsicher und übervorsichtig, jetzt als Oma kann ich gelassener agieren, viele Dinge wiederholen sich. Wenn ich ehrlich bin, habe ich mich in unserer schweren Zeit, die unsere Familie durchleben musste, an Jane geklammert. Durch diese neue Aufgabe, konnte ich den meinen großen Schmerz unterdrücken und für eine gewisse Zeit vergessen.

Kapitel XIII

Ein besonderes Zimmer befindet sich ganz versteckt im Haus. Das Zimmer im Haus ist ein Panic Room, Ellas Panic Room. Den Panic Room erkannte man vom Flur aus nicht ohne weiteres, da die Tür keine Klinke, kein Schloss und keine Türzargen hatte. Von außen wurde sie nur aufgedrückt und von innen dann verriegelt.

Wir kennen natürlich alle den Thriller von David Fincher, mit Jodie Foster in der Hauptrolle. Sie war in der Rolle Meg und zog mit ihrer Tochter Sarah in eine düstere New Yorker Stadtvilla. Gleich in der ersten Nacht dringen Einbrecher in das Haus ein. Meg und Sarah flüchten in einen Hochsicherheitsraum, den der schwerreiche, alte Vorbesitzer anlegen ließ. Der Raum ist mit Nahrungsvorräten bestückt und hat eine unabhängige Strom- und Luftversorgung. Leider ist dieser Panic Room auch das Ziel von Burbank und seinen beiden Komplizen und Sicherheitsexperte Burbank kennt sich mit der Anlage bestens aus ….

Die damals schwangere Jodie Foster übernahm die Hauptrolle von Nicole Kidman, die wegen einer Knieverletzung aufgeben musste, die sie sich während des Drehs zugezogen hatte. 130 Minuten Spannung pur und Jodie Foster noch einmal als kämpferisches Muttertier.

Auch der Schauspieler Heiner Lauterbach hat in seiner Villa am Starnberger See einen Schutzraum für den Fall eines Einbruchs einbauen lassen. Das Schlafzimmer im Obergeschoss seiner Villa ist durch eine Panzertür mit Panzerglasfenstern und eine Alarmanlage gesichert. Seine Ehefrau Viktoria sei zwar unerschrocken, aber da er um die Sicherheit seiner Familie sehr besorgt ist, ließ er den Panic Room einbauen.

Der Karikaturist Kurt Westergaard wurde bereits in seiner Wohnung in Dänemark von einem 28-Jährigen Mann, der mit einer Axt und einem Messer bewaffnet war, überfallen.

Der Zeichner der umstrittenen Mohammed-Karikaturen konnte flüchten und blieb unverletzt. Der 74-Jährige konnte sich mit seiner fünfjährigen Enkelin ins Badezimmer flüchten, das seine Bewacher zu einem so genannten „Panikraum" umgebaut hatten. Den Schutzraum mit Stahlplatten in der Tür und einem Fenster aus Panzerglas hatte Westergaard vor einigen Wochen im dänischen Fernsehen vorgeführt. Hier hinein konnte der Somalier bis zum Eintreffen der Polizei nicht eindringen.

„Westergaard ist nominiert" ‚stand am 5.10.2010 in der Presse. *„Der für seine Mohammed-Karikaturen mit dem Tod bedrohte dänische Zeichner Kurt Westergaard ist für den Leipziger Medienpreis no-*

miniert. Wie die auslobende Medienstiftung mitteilte, werden die Preisträger 2010 am 8.10.2010 bekannt gegeben. Für die Veranstaltung, bei der die Ausgezeichneten anwesend sein sollen, gelten erhöhte Sicherheitsvorkehrungen."

„Leipziger Medienpreis für dänische Karikaturisten. Die Auszeichnung wurde am Abend in Leipzig verliehen und ist mit 30.000 Euro dotiert."

Ella war erstaunt, dass es in einer „normalen Wohnung" solch einen Raum gab, aber sie konnte ihn ja als Abstellraum verwenden. Sich deswegen gegen die Wohnung zu entscheiden, wäre übertrieben gewesen.

Kapitel XIV

Mike war wieder spät in sein Hotel gekommen, ein langer Arbeitstag nagte noch an seinen Nerven, er konnte sich nicht entspannen. Selbst im noblen Restaurant an der Ecke, in dem er abends gern speiste, schaffte er es nicht mehr, seine Gedanken zu steuern.

Der ungeheure Termindruck machte ihm zu schaffen, es fehlten Facharbeiter an jeder Stelle. Er musste alles selbst kontrollieren, die Materialien waren oft von minderwertiger Qualität. Er lief auf dieser Baustelle so viel schief.

Nach der Geburt von Jane fiel es ihm wirklich schwer, von seiner kleinen Familie getrennt zu sein. Die Jahre zuvor empfand er seine Arbeitsstätten im Ausland sehr aufregend, er fühlte sich als Pionier. Mitzuwirken, wenn große Bauwerke entstehen, ist ein gutes Gefühl. Jetzt kam das gute Gefühl nur, wenn er bei Jane und Ella war. Ella wollte unserem Baby solch einen langen Flug auf keinen Fall zumuten. Der Abschied nach wenigen Wochen wäre auch wieder für alle Drei unerträglich gewesen. Er spürte den Schmerz noch immer im Herzen, den er ertragen musste, als er sich das letzte Mal verabschiedet hatte.

Also machte er sich wieder auf den Weg, seine Spielleidenschaft war für ihn wie ein Feuer, das brannte. Dem Taxifahrer war die Adresse, die er ihm nannte, nicht bekannt. Aber er wusste den Weg genau. Solche Pokerrunden sind natürlich illegal und somit auch nicht in den Metropolen der Städte zu finden, sondern in versteckten Ecken. Er suchte Ablenkung in den langen Nächten, es war aufregend. Die Atmosphäre gefiel ihm, es lag Spannung in der Luft. Seine Gewinne und Verluste glichen sich fast aus. Er hätte sofort aufgehört, wenn die Verluste zu groß geworden wären. Seine Existenz hätte er nie aufs Spiel gesetzt, er wollte als gut verdienender Ehemann in Deutschland mit seiner Familie leben. Es behauptet wohl jeder Spieler, dass er aufhören kann, wenn er will. Aber Mike war absolut sicher, bei ihm stimmte es wirklich. Die Frage stellte sich aber überhaupt nicht, denn er gewann meistens. Die letzten Abende war die Pokerrunde recht klein und sie hatten ein geringeres Limit vereinbart. Daher war er nach einigen Stunden, trotz seiner Glückssträhne, aufgebrochen. Aber heute Abend war es anders, das Limit war erhöht, die Runde war mit Profis besetzt. Ich hatte wieder Glück und gewann hin und wieder. Jetzt war der Pot bereits mit einem kleinen Vermögen gefüllt, die meisten Spieler passten. Ein junger Amerikaner und ich waren nur noch im Spiel. Ich zahlte meinen Einsatz und wollte die Karten sehen. Er konnte seinen Einsatz nicht mehr in bar setzen. Zu hoch waren seine Verluste an dem Abend, aber der Zwang, weiter zu spielen, war stärker.

Wer nicht mehr zahlen kann, ist nicht mehr im Spiel.

Ich nahm sein Angebot an, das er seinen Einsatz in Diamanten begleichen durfte. Den Wert der Diamanten konnte ich in diesem Moment nicht beurteilen. Das Spiel musste beendet werden, auch ich hatte bereits viel Geld in den Pot gesetzt. Ich wollte hier raus, mit Verlust oder mit dem Geld und den Diamanten.

Die Spannung in dem kleinen Raum merkte nicht nur ich, sondern auch alle Anwesenden, die unser Spiel beobachteten. Wenn wir beide die gleiche Punktzahl hätten, was aber sehr, sehr selten vorkommt, würde der Pot geteilt werden.

Mein Blatt war besser, ich hatte den Pot gewonnen. Revanche wollte und konnte ich heute Nacht nicht mehr geben. Mich überfiel ein merkwürdiges Gefühl, plötzlich hatte ich Angst.

Noch in keiner Nacht war mein Gewinn so hoch und in meinen Taschen so viel Bargeld und heute sogar noch einen kleinen Beutel voller Diamanten.

Welchen Wert die Diamanten wohl haben? Den jungen Amerikaner konnte ich nicht mehr fragen, er war plötzlich verschwunden. Mich hätte schon interessiert, wo er die Diamanten her hatte. Waren es heiße Steine oder Blutdiamanten? Ich konnte sie ja schlecht von einem Juwelier schätzen lassen.

Aber jetzt ging es nur um meine Sicherheit, ich musste heile in mein Hotel zurück. Mich kannte hier niemand namentlich und ich erzählte natürlich auch nichts über mich, weder über meinen Job, noch meine Nationalität, noch in welchem Hotel ich in Peking wohnte.

Mit dem Taxi, das vor dem Haus wartete, fuhr ich einige Straßen. Danach wechselte ich noch zweimal das Taxi, um meine Spur zu verwischen. Das letzte Stück ging ich sogar zu Fuß ins Hotel, niemand war hinter mir auf der Straße.

Vormittags im Büro hatte ich einen kleinen, braunen Umschlag mit Abrechnungsunterlagen in meine Jackentasche gesteckt. Die Unterlagen waren zur Zeit nicht von Bedeutung, die brauchte ich erst am Monatsende, um meine Spesen abzurechnen. Jetzt steckte ich das Geld und den kleinen Lederbeutel in den Umschlag, klebte ihn zu und beschriftete ihn mit dem Vermerk „Reisekostenunterlagen".

Das Hotel verfügte über einen Hauptsafe und den üblichen kleinen Safe im Zimmer. An den Hauptsafe gelang man nur mit einem Angestellten des Hauses, der den Sicherheitsraum öffnen musste. Die einzelnen Schließfächer wurden mit einem Nummerncode, den man selbst programmierte, verschlossen. Bei Anmietung der Schließfächer, ich hatte drei gemietet, musste man sich verpflichten, die Kosten für eine eventuelle gewaltsame Öffnung der Schließfächer zu tragen, falls man seinen Code vergessen hat, oder aus welchen Gründen auch immer. Mir war dieses Verfahren sehr recht, da mir bekannt ist, wie leicht ein Zimmersafe zu öffnen ist. Den Briefumschlag platzierte ich in das Schließfach mit den Reisedokumenten und allerlei Papierkram. Aus dem zweiten Schließfach holte ich wieder meine Ausweispapiere und Autoschlüssel, die ich ja für den nächsten Tag brauchte. Im dritten Schließfach befand sich mein Geld, Kreditkarten und einige Briefe von Ella.

Als ich nun endlich im Bett lag, gingen mir Horrorgeschichten durch den Kopf, wieder konnte ich nicht schlafen. Diesmal war der Stress nicht berufsbedingt, diesmal war der Stress pure Angst. Wie konnte ich mich in solch eine Gefahr begeben, wie konnte ich so leichtsinnig sein. War mein Jugendtraum, Brücken zu bauen, schon vergessen. Wäre mir etwas zugestoßen, ohne Ausweispapiere, in einer Spielhölle, mit einem Stapel Dollars und einem Beutel mit wertvollen Diamanten.

Mein Entschluss stand fest, nie wieder zum Pokern.

Kapitel XV

Michael war nur wenige Jahre verheiratet. Das Glück wurde jäh durch ihn zerstört, an einem Montag. An einem sonnigen Nachmittag auf dem Weg zum Timmendorfer Strand.

Beide waren sehr erfolgreich im Beruf, sie machte Karriere als Leiterin in einer großen Werbeagentur, er in einem stadtbekannten Restaurant. Wenn sie morgens das Haus verließ, war er gerade wenige Stunden im Bett. Im Grunde lebten sie nur montags zusammen. Da hatte er seinen freien Tag, weil das Restaurant Ruhetag hatte. Julia, so hieß seine Frau, kam anfangs am Wochenende häufig ins Restaurant. Aber nach den ersten Jahren verblieb es immer mehr. Sie wollte ihr Wochenende genießen und konnte es wohl auch ohne ihn.

Michael meinte, es wäre an der Zeit, sich ein neues Auto zu kaufen. Seine Wahl fiel auf einen MG, in dem typischen, englischem Grün, natürlich als Kabrio. Julia war auch von dem Auto begeistert, war mit zur Probefahrt und hat sich schon auf den ersten Ausflug gefreut. Die Woche über stand das Auto in der Tiefgarage, da beide nur einen kurzen Weg ins Büro bzw. ins Restaurant hatten. Michael liebte es, nachts an der frischen Luft den Weg nach Hause zu laufen.

Für das kommende Wochenende stand endlich die Fahrt an die Ostsee an, sie hatten die Tour lange geplant und packten die kleinen Koffer, die speziell für den Kofferraum angefertigt waren. Mit etwas Aufregung starteten sie und stockten bereits wieder mit ihrer Fahrt vor dem Elbtunnel. Aber die echten Hamburger kennen die Staus in der Innenstadt und haben gelernt, damit zu leben, also Geduld. Jetzt auf der Autobahn fegt der MG über die Straße, das Gefühl für die Geschwindigkeit ist verloren gegangen.

Man ahnt es schon, es musste ja so kommen. Im Rausch der Geschwindigkeit kommt Michael von der Fahrbahn ab, der PKW überschlägt sich und prallt mit voller Wucht an die Leitplanke.

Die Airbags öffneten sich durch den Aufprall, konnten aber nichts aufhalten. Julia wurde aus dem Auto geschleudert, lag schwer verletzt am Seitenstreifen. Michael eingeklemmt hinter dem Lenkrad. Die Unfallwagen und die Polizei waren schnell vor Ort, leider konnte nur noch der Tod von Julia festgestellt werden. Michael kam schwer verletzt ins Krankenhaus.

Den Tod seiner Frau Julia konnte Michael natürlich nicht überwinden. Am schlimmsten ist der Tod doch immer für den, der allein weiterleben muss. Er hat den Unfall verursacht, ihn trifft die Schuld.

Wie soll er damit fertig werden, wie soll er weiter leben, wie soll er überhaupt leben können.

Sein Neurologe riet ihm, zur Therapie ins Sanatorium in den Schwarzwald zu fahren.

Kapitel XVI

Ella ist erleichtert, sie lässt alles hinter sich und kann auf Hilfe hoffen. Die Waldeck Klinik in Bad Dürrheim im Schwarzwald genießt einen guten Ruf und Bad Dürrheim ist ein Soleheilbad und Heilklimatischer Kurort. Der Schwarzwald soll 2 große Vorteile für den Kurbetrieb bieten. Die gute Luft, die vor allem in den höheren Lagen sehr vielen Orten das Prädikat „Luftkurort" und einigen sogar das Prädikat „Heilklimatischer Kurort" eingebracht hat. Bad Dürrheim mit seinen 940 Meter Höhe ist sowieso das ideale Klima und die richtige Umgebung für Ella. Jedes Jahr sind Mike und sie gewandert, ob in Deutschland oder Österreich. Den Schwarzwald direkt kennt sie noch nicht, vielleicht kann sie ja, wenn es ihr gesundheitlich wieder besser geht, die Umgebung erklimmen. Es wäre ein kleines Wunder, wenn ihr geholfen werden könnte, wenn sie vergessen könnte, wenn sie wieder leben könnte.

Sie war aufgeregt, sogar unruhig. die Klinik war sehr groß. Die Aufnahme sehr unpersönlich, ihr kleines Zimmer aber nett. Der Ausblick herrlich, der direkte Blick auf die Berge. Eigentlich müsste man schon durch den Anblick gesund werden, die Natur ist so schön, warum kann das Leben nicht auch so schön sein.

Die Fahrt war doch anstrengender, als sie vermutet hatte. Wäre sie doch lieber mit der Bahn angereist, wie ihr alle geraten hatten. Aber Ella wollte keine Menschen um sich haben, sie wollte wie immer mit sich allein sein.

Den Mann, der mit dem Rücken zu ihr saß, schätzte sie auf Anfang vierzig. Trotz des frühsommerlichen Wetters trug er zum hellblauen Hemd einen olivgrünen Cordblazer mit Flicken auf den Ellenbogen. Sein dunkelblondes – oder beim näheren Hinsehen vielleicht doch eher braunes – Haar war weder zu lang noch zu kurz geschnitten, sondern reichte genau bis zum Kragen. Noch bevor er sich zu ihr umdrehte, sagte ihr die Intuition, dass er gut aussah. Vielleicht sogar umwerfend.

Unter anderem deshalb reagierte sie leicht verblüfft, als sich ihre Blicke schließlich trafen.

Ihr erster Gedanke war, dass er bei Weitem nicht so attraktiv war, wie sie erwartet hatte. Seine Augen leuchteten weder in Grün noch Blau, sondern waren von einem unspektakulären Haselnussgraubraun, und seine Nase wirkte aus irgendeinem Grund spitz und platt zugleich. Aber er hatte ein makelloses Gebiss – gerade, weiße, strahlende Zähne, die eine Hauptrolle in einer Zahnpastareklame verdient gehabt hätten. Erst als der Mann lächelte und sich sein Gesicht in tiefe, aber attraktive Lachfalten legte, fing ihr Herz an zu rasen.

Ihr Platz im Casino, früher hieß es Speisesaal, war genau neben seinem Tisch. Nachdem sie umständlich den Stuhl unter dem Tisch hervorgezogen hatte und sich endlich setzte, trafen sich erneut ihre Blicke. Er grüßte sie, durch ein leichtes Kopfnicken. Sie konnte seinen Gruß leider nicht erwidern, da sie sich bei ihren Tischnachbarn höflicherweise erst einmal vorstellen musste. Jetzt folgte eine nervtötende, super anstrengende und unnötige Unterhaltung mit vier fremden, sicherlich auch schwer kranken Patienten und zugleich Tischnachbarn. Das die Leute immer denken, man muss sich auf Biegen und Brechen unterhalten, man kann doch auch durch Schweigen höflich sein. Es war wieder klar, wie wenige das Schweigen aushalten. Besonders die ältere Dame, die wahrscheinlich schon im Rentenalter und viel zu aufdringlich geschminkt war. Meine Höflichkeit siegte und ich hörte aufmerksam zu. Stellte mich und meinen Lebenslauf in Kurzform dar – leider hatte ich noch keine Fotos dabei – aber die durfte ich zur nächsten Mahlzeit nachreichen, toll. Stichwort Mahlzeit, jetzt musste ich mich zum Essen zwingen, der Tag war fast vorüber und ich merkte erst jetzt, dass ich noch nichts gegessen hatte. Die ältere Dame drohte mir scherzhaft an, dass sie zukünftig – zum Glück nur für die Zeit der Kur – auf mich achten würde. Irgendwie fand ich plötzlich meine Leutchen am Tisch doch nicht so unsympathisch, es musste somit an mir liegen. Aber ich bin ja auch krank, deswegen bin ich ja hier, aber die anderen sind ja auch krank. Egal, darüber denk ich morgen nach.

Dann endlich konnte ich einen Blick zum Nachbartisch wagen. Ich merkte wieder, wie mein Herz raste, hoffentlich sah man meine hektischen, roten Flecken nicht. Warum war ich nur so aufgeregt, lag es an meiner Müdigkeit, oder an den vielen neuen Eindrücken? Es war für mich ein ganz neues Gefühl nach all den Monaten des Schmerzes und die dadurch entstandene Leere in mir.

Sein Platz war leer, er hatte bereits das Casino verlassen. Dass das komische Gefühl in mir Enttäuschung war, wusste an dem Abend noch nicht. Ich fiel wieder in meine Traurigkeit zurück und wollte nur schnell in mein Zimmer, wieder allein sein. Nur durch die Erklärung der anstrengenden Anreise, akzeptierte meine Tischdame für diesen Abend meine Absage zum allabendlichen Gemeinschaftskartenspiel.

Zum Frühstück hatte ich das Casino fast für mich allein, die meisten Patienten hatten schon Anwendungen und dadurch bedingt, sehr zeitig gefrühstückt. Mein erster Termin heute war 10.00 Uhr die Aufnahmeuntersuchung, dann bekam ich auch meinen Behandlungsplan. Ich hatte im Verlauf des

Tages immer wieder Zeit, mir die Kurklinik mit all den Nebengebäuden und die sagenhafte Landschaft anzusehen. Mich interessierte die Umgebung mehr, als mir Gedanken über das Gespräch mit dem Professor zu machen, der die Aufnahmeuntersuchung durchgeführt hat. Gespräch, welches Gespräch? Ich habe doch nicht viel gesagt und Untersuchung, kann man die Seele untersuchen?

Auch mittags war das riesige Casino nicht gut besucht, die Anwendungen liefen auch über die Mittagszeit hinaus, daher ging man halt vor oder nach der Anwendung zum Essen. Diesmal freute ich mich über einen Mitesser an meinem Tisch, das Frühstück, das ich so ganz allein in dem riesigen Casino genießen musste, steckte mir noch in den Knochen. Allein bei mir zu Hause, das war angenehm, aber fast allein hier im Casino, nein, das tat nicht gut.

Meine erste Gruppentherapie am Nachmittag will ich auch schnell vergessen, solche Dinge sind nichts für mich. Jeder soll – natürlich freiwillig, aber was ist hier schon freiwillig – in der Gruppe über seine Ängste sprechen. Alle hören zu, aber wer hilft uns denn, der Psychiater hört auch nur zu. Na gut, vielleicht ist mein Urteil am ersten Tag von der ersten Therapiestunde zu voreilig. Die Fachärzte der Waldeck Klinik haben schon oft Ihre Fähigkeiten bewiesen, warum soll es bei mir nicht so sein. Jetzt bin ich hier und beende nur als „geheilt" die Kur, sagte

zumindest der Professor bei der Aufnahmeuntersuchung.

Die Zeiten zum Abendessen waren für alle Patienten
festgesetzt. Das merkte man deutlich an der Fülle des
Raumes. Ich war leider – wie meistens in der letzten
Zeit – sehr spät dran. Erst musste auf den Fahrstuhl
so lange warten, da der auf jeder Etage halten musste, später kam ich nur mühsam durch die Menschen-
massen an meinen Platz. Gespannt suchte ich den
Rücken mit dem Cordblazer, aber nichts, ist er schon
entlassen? Nachdem ich schön freundlich die lieben
Tischgenossen begrüßt hatte, stellte sich unser neuer
Mitpatient nochmals bei mir persönlich vor. Er heißt
Michael und hat sich an unseren Tisch, mit viel
Überredungskunst, versetzten lassen. Solche Veränderungen sieht die Kurverwaltung nämlich gar
nicht gern.

Das ist ja eine Überraschung, sagte ich im Gedanken
zu mir. Wie hat er das nur geschafft? Aber egal, er ist
noch im Haus und sogar an meinem Tisch, also in
meiner Nähe. Meine Laune verbesserte sich schlagartig, das Essen schmeckte super, die Tischrunde war
amüsant und meine Augen klebten an Michael. Ich
verfolgte aufmerksam seine Worte, wollte mich am
Gespräch beteiligen. Aber irgendwie war ich immer
zu spät dran, ich war aufgeregt und gehemmt wie ein
Teenager.

Das kann nur eine höhere Fügung sein, nach meinem schweren Schicksalsschlag treffe ich auf einen Fremden, der mich auf den ersten Blick hin total fesselt und innerlich bewegt. Ist es möglich, seinen kürzlich verstorbenen Mann, so schnell zu vergessen.

Kapitel XVII

Heike war Ellas beste Freundin. Sie kannten sich schon viele Jahre, im Grunde seit Ella in Hannover wohnte. In ihrer ersten kleinen Wohnung war so wenig Platz, das Heike – wenn sie bei ihr schlief – im Wohnzimmer auf dem unbequemen Sofa nächtigen musste. Im Schlafzimmer hatte nur ein Bett Platz, das nicht größer als ein Meter breit und naja zwei Meter lang war. Da Heike in Nienburg wohnte, schaffte sie oft nachts den weiten Weg nicht mehr und war somit bald an das Sofa von Ella gewöhnt. Sie selbst hatte in Nienburg den Luxus von drei großen Zimmern mit Küche und Bad, allerdings im ersten Stock des Reihenhauses ihrer Eltern.

Die beiden waren Arbeitskolleginnen und verstanden sich auf Anhieb, obwohl Ella fast 5 Jahre älter war. Ihr Arbeitsplatz befand sich auch in Hannover, daher spielte sich auch ihre Freizeit fast immer in Hannover ab. Selbst im Fitnessclub, im noblen ASPRIA, waren beide in Hannover Mitglied. Das zum unbequemen Sofa.

Es war für beide eine unbeschwerte, lustige Zeit, sie konnten die Zeit ohne Sorgen genießen.

Das änderte sich aber auch schlagartig für Heike, als Mike tödlich verunglückte. Die Freundschaft der Frauen besteht bis heute, sie helfen sich noch immer in allen Lebenssituationen. Natürlich mit der Einschränkung, wie kann man helfen? Oft ist die Hilfe ja schon durch Zuhören oder die Anwesenheit erfolgt. Das hätten sich die beiden in ihrer unbeschwerten Zeit auch nicht träumen lassen, dass ausgerechnet Ella solche dramatischen Schicksalsschläge in ihrem Leben ertragen muss.

Heike lebt noch immer in Nienburg, allerdings inzwischen mit Mann, 3 Kindern, einem Hund und einer Katze. Nein, nicht mehr bei ihren Eltern, sondern in einem Bungalow. Sie hat den ortsansässigen Autohändler dann doch geheiratet.

Das ist wohl ihr Schicksal, da sie immer eine Autonärrin war, aber auch eine super gute Autofahrerin. Was sie etliche Male auf der Tour von Hannover nach Berlin unter Beweis stellte.

Kapitel XVIII

Was ist mein Leben ohne Julia, wie kann ein Leben
so schnell verändert werden? Habe ich etwas verbrochen? Warum passiert mir solch ein Unglück?
Natürlich habe ich etwas verbrochen, ich saß am
Steuer des Unfallwagens.

Die Vorbereitung der Beerdigung empfand ich am
schlimmsten. Man möchte an nichts mehr denken,
sich nur noch verstecken. Aber man muss ganz real
mit einem Fremden besprechen, wie Julia sich wohl
ihre Beerdigung gewünscht hätte. Julia war jung und
voller guter Ideen, sie stellte noch große Forderungen
an ihre Zukunft. Ich bespreche jetzt ihre Beerdigung.

Das Ave Maria von Franz Schubert liebte sie sehr
und hörte es bereits zu Lebzeiten häufig. Sie kannte
die Version von Luciano Pavarotti, Paul Potts sowie
Helene Fischer. Das ihr Wunsch, dieses Lied zu ihrer
Beerdigung zu spielen, so schnell in Erfüllung geht,
macht mich noch trauriger. Aber es hilft mir niemand, die Dinge müssen erledigt werden.

Also, Einäscherung, Schmuckurne, rote Rosen als
Gesteck, eine Sängerin, die kleine Kapelle, der zu-
ständige Pfarrer, die Todesanzeige, die Danksa-
gungskarten und, und, und.

Ich kann nicht verstehen, warum eine Beerdigungsfeier sein muss. Es kommen all die Verwandten, Bekannten und Freunde zusammen, die Traurigkeit ist kaum zu ertragen, und man nimmt Abschied. Ich hätte lieber allein Abschied genommen. Nein, ich will nicht Abschied nehmen, ich will, dass Julia lebt und bei mir ist.

Wir waren so glücklich und freuten uns auf die gemeinsame Tour nach Timmendorf. Als ich die Kontrolle über das Auto verlor, verliefen die letzten Sekunden ganz bewusst. Ich versuchte noch die Spur zu halten, aber der Wagen brach mit ungeheurem Druck aus. Wir flogen wie im Rausch durch die Luft, Julia lächelte mich an.

Mich trifft die Schuld, ich war sicherlich nicht konzentriert genug. Was hilft es mir, wenn man mich als erfahrenen Autofahrer beschreibt, seit mehr als 20 Jahren unfallfrei im Straßenverkehr. Vielleicht war ich überarbeitet, all der Stress in den Jahren, hätten wir erst in einigen Tagen fahren sollen?

Wann genau Julia aus dem Wagen geschleudert wurde und wann der Aufprall geschah, ist mir nicht bewusst. Meine nächste Erinnerung ist das Aufwachen im Krankenhaus. Wenn man nicht weiß, wo man ist und vor allem nicht weiß, was genau passiert ist, ist die Angst noch größer. Ich wusste auch nicht, wie viele Tage ich hier schon lag.

Der Stationsarzt informierte mich vorab über meine genauen Verletzungen, die Notoperationen und das künstliche Koma.

An seinem Stocken merkte ich, das die schlimmste Nachricht noch kommen würde. *„Was ist mit meiner Frau"*, fragte ich. Eine Antwort war nicht nötig, ich spürte es im Inneren, sie war tot und ich musste weiterleben. Warum tut man das einem Menschen an, warum bin ich als Fahrer nicht gestorben, oder wir gemeinsam?

Natürlich musste ich mein Schicksal hinnehmen und mit meiner Schuld leben, wenn ich weiterleben wollte. Wie ich allein weiterleben konnte, war mir noch nicht klar. Der Schmerz war ununterbrochen an meiner Seite, er gehörte jetzt zu mir.

Kapitel XIX

Ich bin nicht sicher, ob ich mich erinnern kann oder noch immer träume. Er saß an meinem Tisch, ich konnte ihn ansehen und sprechen hören, er sprach mit mir.

Ich konnte alles um mich herum vergessen und mich total auf den neuen Mann an meinem Tisch konzentrieren. Er brachte mich vom ersten Augenblick an dazu, mich wieder lebendig zu fühlen.

Wie kann ein Fremder nur solch eine Anziehungskraft auslösen? Ich kann mir noch kein Urteil bilden, was für ein Mensch er ist, er hat sich nur kurz vorgestellt, ich kenne nur seinen Namen und bin trotzdem fasziniert von dem neuen Mann namens Michael.

Während des Essens kümmerte sich Michael sehr zuvorkommend um alle Gäste an unserem Tisch, daher konnte ich ihn unbemerkt beobachten. Man hatte das Gefühl, wir sind die Kranken und Michael unser Arzt.

Das war das Stichwort, Michael ist ja auch Patient in der Kurklinik. Weshalb ist er hier, ist er auch krank, weil er einen schweren Schicksalsschlag nicht verkraftet hat?

Ich werde ihn fragen, bei der ersten Situation, die passend erscheint.

Kapitel XX

Ella und Michael sind sehr glücklich und möchten das Glück weitergeben. Sie wollen sich bei Ellas Eltern für all die Situationen bedanken, in denen sie stets, ganz spontan und unkompliziert, geholfen haben. Ohne sie hätte Jane die ersten Monate in ihrem Leben nicht so unbeschwert erleben können und Ella hätte noch größere Sorgen gehabt. Die Oma war die beste Zweitmutter, die Ella sich für Jane nur wünschen konnte. Wenn schon eine Zweitmutter nötig ist, dann nur die eigene Mutter oder eventuell noch die Schwester.

An dieser Stelle ein Dankeschön an alle Ersatzmütter, die in schwierigen Situationen liebevoll geholfen haben.

Ella wusste, dass ihre Eltern gern eine Kreuzfahrt in den nächsten Jahren buchen wollten. Als sie das Angebot der Celebrity SILHOUETTE las, war klar, dass ist das Geschenk für ihre Eltern. Die Reise würde ihnen im Gedächtnis bleiben, sie könnten verstehen, was es Ella in all den Monaten bedeutet hat, ihre Eltern stets an ihrer Seite zu wissen.

Die Überraschung war gelungen, der Urlaub war genau richtig. Die Rührung war allen anzumerken, aber nach der schweren Zeit, die die Familien durchstehen mussten, sind Freudentränen jetzt gern gesehen.

- 8 Tage Mittelmeer
- Jungfernfahrt
- Balkonkabine
- Landgang in Barcelona
- Ausschiffung in Civitavecchia
- 3 Tage Aufenthalt in Rom
- Rückflug von Rom nach Deutschland

Da die SILHOUETTE von Hamburg aus startete, konnten wir eine gemeinsame Anreise organisieren. Es ist ein sagenhaftes Gefühl, für die, die an Bord gehen. Aber auch für die, die wieder von Bord müssen. Also durften Jane, Ella und Michael als Tagesgäste mit an Bord. Gemeinsam erkundeten wir das riesige Schiff und bestaunten die Balkonkabine 8216 auf Deck 8.

Wie auf der Titanic hatte in den Betten auch noch niemand geschlafen und das Geschirr und alle weiteren Gegenstände waren noch unbenutzt.

Michael interessierten die technischen Daten, da ihm vorher nicht bekannt war, dass das Schiff erst vor einigen Wochen in Papenburg auf der Meyer Werft fertig gestellt wurde.

Jetzt hieß es, Leinen los, das Schiff legte ab. Kapitän Dimitrios, ein Grieche, nahm Fahrt auf und steuerte das Riesenschiff die Elbe entlang in die Nordsee. Das typische Wetter für Hamburg – Nieselregen – war auch, wie die Sirenen und die Blasmusik, dabei. Die Crew von 1.500 Mitarbeitern verwöhnten die ca. 2.000 Passagiere von morgens bis spät in die Nacht. Die Fahrt führte an England und Frankreich vorbei, durch die Straße von Gibraltar, Ibiza und Mallorca und der erste Stopp nach 5 Tagen Barcelona.

12 Stunden Aufenthalt in einer ganz faszinierenden, außergewöhnlichen Stadt, die in den heißen Sommermonaten total überlaufen ist. Aber all die Touristen wollen natürlich die angesagten, in jedem Reiseführer erwähnten, Sehenswürdigkeiten, wie die La Sagrada Familia, die Las Ramblas, den Park Güell, entworfen von Antoni Gaudi, sehen und bestaunen.

Pünktlich um Mitternacht legt die Silhouette wieder ab und fährt vorwärts aus dem Hafen. Zum Erstaunen der Passagiere drehte sich das Schiff beim Anlegen im Hafen, so dass es rückwärts anlegt hat und jetzt bei Dunkelheit vorwärts wieder raus fahren kann. Der Applaus der Passagiere an Deck, die natürlich alles genau miterleben wollten, war für den Kapitän und seiner Mannschaft.

Der letzte Seetag hatte auch wieder einen Höhepunkt, der Seeweg führte durch die Straße von Bonifacio, zwischen Sardinien und Korsika hindurch. Man konnte die Inseln deutlich von Bord aus sehen.

Nachdem alle Passagiere das Schiff verlassen hatten und in die Busse zur Weiterfahrt nach Rom umgestiegen sind, blieb nur noch ein Blick zurück zur Celebrity SILHOUETTE.

Der riesige Dampfer hat seine Jungfernfahrt sehr gut gemeistert, der Kapitän mit seiner Crew hat die Taufe bestanden. Wir und die anderen Passagiere waren alle voller Begeisterung.

Für die SILHOUETTE steht die nächste Fahrt bereits an, auch diese Reise soll ausgebucht sein.

Gute Fahrt!

Kapitel XXI

Ella saß am Schreibtisch, da sie in Ruhe die Post erledigen wollte. Es hatte sich viel angesammelt, einige Briefe waren noch nicht beantwortet seit ihrem Kuraufenthalt. Manches erledigt sich ja durchs Liegenlassen, aber leider nicht alles. Die vielen Adressänderungen, bedingt durch ihren und Michaels Umzug, waren eine mühsame Arbeit, die viel Geduld verlangte. So nahm sie immer mal wieder diese unliebsame Tätigkeit auf, wenn Michael noch beruflich unterwegs war.

Jane schlief sicherlich schon, sie war wieder einmal in Berlin bei der Oma. Ella konnte und wollte die beiden nicht trennen, in all den Monaten hatten sie sich so aneinander gewöhnt. Die Umstellung war für Jane natürlich nicht leicht. Hier in Hannover war nicht nur die eigene Mutter „fremd", sondern auch die neue Wohnung und vor allem Michael. Jane hatte bestimmt keine Erinnerung mehr an Mike, ihren Vater. Er hatte sie ja nur einige Wochen – mit sehr viel Zärtlichkeit und Vaterstolz - im Arm halten können. Die übrige Zeit kannte sie nur ihren Opa.

Jane freute sich jedes Mal, wenn sie ihre Oma sah, oder auch nur am Telefon hörte. Nicht nur bei Jane brach Freude aus, natürlich auch bei Oma und Opa. So verbrachte Jane all paar Wochen mehrere Tage in Berlin in ihrem – oder Ellas früherem – Zimmer. Das

Kinderzimmer blieb auch weiterhin bestehen, im Gegenteil, es wurde entsprechend dem Alter von Jane angepasst. In Hannover war es für die Großeltern nicht so bequem, bei ihren Besuchen musste eine Schlafcouch ausreichen.

Aber das waren ja nur kleine Probleme, die konnten die Familien meistern. Alle versuchten ihr Bestes, um die schweren Schicksalsschläge verarbeiten zu können. Vergessen kann man es wahrscheinlich nie. Alle blicken positiv in die Zukunft, alle wollten weiterleben.

Ella hört Geräusche, nein, sie irrt sich nicht. Da ist jemand im Flur, sie spürt einen Luftzug. Sie kann nicht aufstehen, sie will aber nachsehen. Hat sie die Rollläden überall runtergelassen?

Drei maskierte Männer standen plötzlich bei ihr im Wohnzimmer und fragten, im gebrochenen Deutsch, nach Mike. Ella war wie betäubt vor Angst, was wollten die Männer hier, warum gerade heute, wo sie allein Zuhause war, wie sind sie ins Haus gekommen. Einer der Männer rüttelte sie und schrie erneut nach Mike, aber Mike war doch tot. Sie versuchte, es den Einbrechern zu erklären, konnte aber ihre Stimme selbst nicht hören, verstanden die Einbrecher sie nicht.

Der größere, ältere Mann schlug ihr mit voller Wucht ins Gesicht, sie sollte jetzt aufhören zu schreien und genau erklären, wo Mike sei. Zumindest verstand sie ihn, er schien der Anführer zu sein. Mit den anderen Beiden sprach er in einer - für Ella - unbekannten Sprache. Sie empfand keinen Schmerz, konnte aber immer noch nicht klar denken, sie hatte bestimmt einen Schock. Ihre Nase blutete und am Auge musste eine Platzwunde sein, sonst hätte ihr das Blut nicht so übers Gesicht laufen können. Der große Typ blieb dicht bei ihr stehen, die anderen Beiden durchsuchten die Zimmer, ob sie wirklich allein Zuhause war. Was sie berichteten, konnte Ella ja nicht verstehen, aber das war in dieser Situation auch nicht so bedeutend. Sie wusste ja, dass sie allein Zuhause war und sogar allein im gesamten Haus, da die Nachbarn sich vor einigen Tagen abgemeldet und ihr für die Urlaubszeit die Pflege der Blumen anvertraut hatten.

Der Typ zerrte sie aufs Sofa und setzte sich gegenüber auf den Sessel. Er wirkte jetzt ganz ruhig und Ella verlor auch etwas die Anspannung. Sie erklärte jetzt – unter Weinkrämpfen -, dass Mike in China tödlich verunglückt sei und sie mit ihrer Tochter in die neue Wohnung gezogen ist, da sie in der großen Dachgeschoßwohnung nicht mehr allein ohne Mike leben konnte. Die Erinnerungen waren zu schmerzhaft.

Aber was wollten diese Männer von Mike, oder jetzt von ihr. Hatte sie nicht schon genug an Leid erfahren müssen, träumt sie inzwischen. Ängstlich war sie ja schon immer und Angst vor Einbrechern hatte sie auch schon immer. Aber das hier war kein Traum, es war leider die Realität.

Der Anführer fragte jetzt nach Diamanten, Ella verstand nicht. Er schlug ihr erneut ins Gesicht. Was wollen diese Männer nur von ihr, hier kann doch nur eine Verwechslung vorliegen. *„Was wollen sie von mir, Mike ist tot. Er ist hier noch nicht mal begraben, suchen sie ihn in Peking im Pazifik, ich habe nur meinen Diamantring."* Der Typ lachte und erklärte seinen Kumpanen wohl, was ich gesagt habe und sie lachten auch. Dass ich jedes Zeitgefühl verloren hatte, merkte ich erst, als einer der Typen auf seine Uhr schaute und eine Bemerkung machte, die Ella wieder nicht verstehen konnte.

Im nächsten Moment stürzten sich die drei Typen auf Ella, rissen sie vom Sofa hoch und würgten sie, einer drehte ihr die Arme auf den Rücken. In dieser äußerst bedrohlichen Situation fragte der Anführer nochmals nach dem Beutel mit den Diamanten, die Mike in Peking beim Pokern gewonnen hatte. Mein Erstaunen stand mir wohl im Gesicht, sie ließen mich los. Mir schoss ein Gedanke durch den Kopf, Mikes persönliche Sachen lagen noch immer unsortiert in einem Karton im Panic Room. Sollten dort die gesuchten Diamanten sein. Was hat Mike mit diesen Typen in Peking zu tun gehabt, ist es doch keine Verwechslung, suchen die tatsächlich hier Diamanten. Ella deutete an, sie sollten sie los lassen. Sie erklärte Ihnen, dass Mike ihr nichts von den Diamanten erzählt hätte, sie aber bereit wäre, in seinen Sachen nach Diamanten zu suchen. Wenn sie ihr nicht glauben, sollten sie eben selbst im gesamten Haushalt nach den Diamanten suchen. Sie blickten wieder auf die Uhren, sahen sich an und nickten. Ella muss sehr überzeugend gewirkt haben, in manchen Situationen sollen Menschen ja ungeahnte Kräfte entwickeln. Ella fielen die anderen Kartons im Keller mit der Kleidung von Mike ein, die Taschen hatte sie natürlich nicht ausgeleert. Ein Beutel mit Diamanten kann doch nicht sehr groß sein, daher blieben viele, viele Möglichkeiten.

Im Keller sollten die beiden Typen suchen, der Anführer bewacht Ella während sie in der Wohnung an allen nur möglichen Stellen suchen sollte. Ella fing im Wohnzimmer hektisch an, in jeder Schublade oder in den Schränken zu kramen. Die Küche konnte sie auslassen, da die bereits in der Wohnung vorhanden war, als sie eingezogen sind. Das neue Kinderzimmer schied auch aus, also suchte sie intensiv im Schlafzimmer. Mit der Zeit bewachte er Ella nicht mehr auf jedem Schritt, sie suchte auch wirklich wie eine Besessene. Obwohl sie genau wusste, dass an diesen Stellen keine Diamanten sein konnten. Wenn überhaupt, dann nur in dem kleinen Karton im Panic Room. Die beiden anderen Typen waren wohl immer noch im Keller beschäftigt.

Jetzt war für Ella der Moment gekommen, sie ging ganz ruhig vom Schlafzimmer in den Flur und drückte die Tür von der Abstellkammer auf. Sie schaffte es, wie in Trance, die Tür von innen zu schließen und zu verriegeln. Für eine gewisse Zeit war sie jetzt in Sicherheit, aber für welchen Zeitraum wusste sie nicht. Sie wollten immer mal mit dem Vormieter, der den Panic Room gebaut hatte, Kontakt aufnehmen, aber hatten es bis heute nicht geschafft. Jetzt war es zu spät, sie hatten keine Informationen zum Panic Room, sie hatten nur einen Abstellraum mit schwerer Eisentür. Es dauerte nur Sekunden, bis der Typ merkte, dass Ella in keinem der anderen Zimmer war. Ella hörte ihn rufen, dann mehrere, wütende Stimmen im Flur. Sie wollte sich nicht ausmalen, was passieren würde, wenn die Einbrecher es schaffen würden, die Tür zu finden und aufzubrechen. Konnten Sie durch das Mauerwerk eindringen, oder war das auch mit Stahl verstärkt?

Dann hörte sie Bohrgeräusche, konnte aber nicht orten von wo. Jetzt war es ganz still, warteten sie ab, ob Ella nach einer gewissen Zeit rauskommen würde, oder hatten sie aufgegeben. Nein, die würden nicht aufgeben, die würden wieder kommen.

Was war da draußen passiert, ist Michael nach Hause gekommen? Ella hatte kein Zeitgefühl mehr, wie lange waren die Einbrecher schon im Haus? Bestimmt haben sie Michael abgefangen und quälen ihn jetzt. Sie öffnet nicht die Tür, auch wenn Michael vor der Tür stehen würde, sie kann hier bestimmt Stunden bleiben. Am nächsten Morgen sieht wahrscheinlich die Zeitungsfrau die Einbruchsspuren, dann ruft sie die Polizei und erst dann macht sie die Tür auf. Sind denn überhaupt Glassplitter vor der Haustür, wie sind die Einbrecher ins Haus gekommen? Sie hat doch gar nichts gehört, nur einen Luftzug verspürt. Diese Stille ist so unheimlich, draußen kann inzwischen soviel passiert sein. Ella kauerte auf dem Fußboden, dicht an der Tür, um jedes Geräusch zu erfassen, sie merkt nicht einmal, dass sie im Dunkeln hockte.

Sie hörte ein leises Klopfen, war sich aber nicht sicher. Das Klopfen der Einbrecher war stärker für sie hörbar, klopfte es wirklich an der Eisentür? Dann vernahm sie Michaels Stimme, jetzt ganz deutlich. Er war nach Hause gekommen, also musste es schon nach Mitternacht sein. Das Restaurant, in dem er jetzt arbeitete, hatte bis 23.00 Uhr geöffnet, so dass er immer gegen Mitternacht Zuhause war. Ella öffnete die Tür ohne Zögern, plötzlich wollte sie bei Michael sein, raus aus dem Gefängnis. Egal, ob die Einbrecher noch im Haus waren.

Ihre Augen mussten sich erst an das grelle Licht gewöhnen, aber ihre Ohren nahmen ein lautes Stimmengewirr auf. Michael nahm sie fest in die Arme und konnte seine Tränen auch nicht zurückhalten. Die Anspannung war einfach zu groß, keiner begriff, was genau geschehen war. Das Blut in ihrem Gesicht war verkrustet, die Platzwunde musste ärztlich versorgt werden. Die Polizei wollte von Ella dringend einen Bericht zum Tathergang, vielleicht waren die Einbrecher noch in der Nähe. Aber Ella stand unter Schock und konnte nur wenige Details nennen.

Michael lebte, dass war für sie im Moment wichtiger, als das, was hier geschehen war. Jetzt wurde sie ärztlich versorgt und anschließend fuhren sie zu lieben Freunden, um dort etwas Ruhe zu finden. Den kleinen, braunen Briefumschlag mit dem Vermerk „Reisekosten" steckte sie in ihre Tasche.

Vorm Haus wurde ein Streifenwagen abgestellt, falls das Trio zurückkommen würde.

Bevor Ella ein Beruhigungsmittel einnahm, wollte sie endlich von Michael wissen, was er vorgefunden hatte, als er nach Hause kam.

Der Bewegungsmelder an der Haustür ging nicht an und Michael trat in Glasscherben, die unter seinen Schuhen knirschten. Im gesamten Haus brannte das Licht und die Schubladen und Schranktüren waren

geöffnet, somit musste er von einem Einbruch aus-
gehen. Da Ella sich nicht in der Wohnung befand,
aber die Tür zum Panic Room geschlossen war, rief
er die Polizei.

Dann überkam Ella die Müdigkeit, sie war froh, in
einer anderen Umgebung zu sein. Morgen mussten
sie sich um alles Weitere kümmern, morgen.

Kapitel XXII

Das Telefon klingelte, Ella erkannte die Stimme
sofort. Er war in Berlin, benannte die Straße genau,
wo ihre Eltern wohnten. Konnte Jane beschreiben
und wusste, dass die Oma mit Jane im Schillerpark
zum Spielplatz ging.

Die Übergabe der Diamanten sollte noch heute um
17.00 Uhr im Tiergarten auf der Parkbank direkt bei
den Wildschweinen erfolgen. Ella sollte den Beutel
mit den Diamanten in eine Plastiktüte packen, das
ganze mit einem Band umwickeln und in den Abfall-
eimer rechts bei der Parkbank werfen. Ella kannte die
Stelle genau, dort kam sie vorbei, wenn sie dienstags
mit Frau Ludwig zum wöchentlichen Fitnessspurt
unterwegs war.

Kannten die Einbrecher ihre Gewohnheiten?

Von einem Überfall in der Ostfeldstraße stand am
nächsten Tag nur ein kurzer Bericht in der Tageszeitung, von Diamanten wurde nichts erwähnt.

Ende

Books on Demand GmbH,

Norderstedt

ISBN: 978-3-8423-7585-7